奈良大ブックレット
08

奈良の
文学とことば

山田昇平　岸江信介　中尾和昇　光石亜由美　木田隆文　松本 大

ナカニシヤ出版

奈良の風景と文学

撮影：奈良大学名誉教授・浅田　隆

写真１　飛鳥稲渕地区の古代の石橋。万葉集二七〇一番歌「明日香川　明日文将渡　石走　遠心者　不思鴨」に詠まれたものという。

写真２　煙霧の長谷寺。長谷寺は『源氏物語』をはじめとした多くの古典文学で舞台となる。唐の国で危機に陥った吉備真備が長谷寺観音に助けを求めたという説話も知られる。

写真３　春日大社と「砂ずりの藤」。春日大社の縁起や多くの説話を載せる鎌倉時代の絵巻『春日権現記』でもこの場所に藤が描かれる。

写真４　吉野郡天川村にある御手洗（みたらい）渓谷。天川村には世界遺産に登録された修験の山・大峰山がある。坪内逍遥の戯曲「役の行者」は、鬼神をあやつる力を持った開祖・役小角（えんのおづぬ）を描いたもの。

写真５　奈良を愛した歌人・會津八一の歌碑。「おほてらの　まろきはしらの　つきかげを　つちにふみつつ　ものをこそおもへ」――月の光を浴びた唐招提寺の金堂の列柱を詠んだもの。

写真６　旧帝国奈良博物館（現・奈良国立博物館なら仏像館）。フレンチルネッサンス様式の建築で、明治 28 年に開館した。設計は片山東熊。和辻哲郎『古寺巡礼』にも登場する。

もくじ

はじめに——文学とことばの生まれる場所

著者一同

本書は奈良の文学・ことばに焦点をあてた本である。奈良といえば、古事記、日本書紀、万葉集などが有名だが、古代から近現代まで奈良を舞台とした数多くの文学作品が生み出された。例えば、芥川龍之介「龍」という作品を見てみよう。猿沢池から龍が出るという噂に池の周りに大勢の人々が集まる。それは、恵印法師という僧の嘘だったのだが、当日、突如、雨が降り、雷鳴がとどろき、本当に池から黒い龍が天に昇って行ったというものだ。もとは『宇治拾遺物語』にあった逸話を芥川がアレンジしたものだ。古典文学と近代文学が融和した「龍」という話は、奈良であるからこそ誕生したといえる。

また、国語学的な観点からも、奈良のことばは重要な位置を占める。日本語について、今明らかになっている最も古い姿を知ろうとすれば、上代の記紀万葉といった、かつて都であった頃の奈良で書かれたものを見ることになる。それらには当然当時の奈良のことばが写されている。上代の日本語とされるものは、かつての奈良のことばを指すのである。

　本書は第1章「「ガゴゼ」は奈良のことばなのか?」では、元興寺に由来するとされる「ガゴゼ」という化け物の名称について、第2章「曲亭馬琴の歴史叙述」では曲亭馬琴の読本作品からうかがえる馬琴の歴史叙述について、第3章「奈良と近代文学」では森鷗外、志賀直哉、武者小路実篤など奈良にゆかりの近代文学者と奈良とのつながりについて論じている。それに加え、入店時のあいさつ言葉の違いを論じたコラム①「近畿地方の言葉」、かつて奈良市にあった「あやめ池撮影所」について論じたコラム②「近代奈良の映画と文学」、そして、「奈良大学図書館の貴重古典籍」で構成されている。「奈良大学図書館の貴重古典籍」では奈良大学図書館に所蔵する古典籍の紹介を行っている。また、巻末には「奈良の文学・ことばを学ぶブックガイド」を付した。

　論文・コラムでは、文学やことばを通して奈良の文化の知られざる側面に興味を持っていただければと思う。

　また、「奈良大学図書館の貴重古典籍」、「奈良の文学・ことばを学ぶブックガイド」は資料編として、高校の探究の時間や地域研究、アクティブ・ラーニング、大学でのレポート執筆などに役立ててもらいたい。

　奈良大学図書館は二〇一八年、全国の大学図書館ランキングで一位に輝いた。膨大な文献を所蔵し、地域にも開かれた大学図書館である。また、夏休み、春休みには高校生の自習スペースとして開放しているのでぜひ利用してほしい。

カバー・表紙・中扉・巻頭のカラーページの写真は、奈良大学名誉教授・浅田隆先生が撮影されたものを使わせていただいた。豊かな文化を生みだした奈良の風景も味わっていただきたい。

第1章

「ガゴゼ」は奈良のことばなのか？

――奈良にまつわる語源をめぐって

山田（やまだ）　昇平（しょうへい）

一　「ガゴゼ」と奈良

「ガゴゼ」

「ガゴゼ」ということばがある。このことばには、「ガゴウジ」「ガンゴジ」「ガゴ」など様々なヴァリエーションがある。これらのヴァリエーションをまとめて、ひとまずガゴゼ類と呼んでおく。このガゴゼ類は、化け物の名前らしい。また、子どもを脅すことばとして用いられたらしい。『日本国語大辞典』第二版では「ガゴウジ」の項に

特に、目、口などで指を広げて鬼の顔のまねをしたり、顔を怒らせたりなどして、子供をおどし、なだめすかす時にも言う。

とある。つまり、悪ガキに対して、鬼のような顔を作りつつ、

「言うことを聞かないと、ガゴゼが来るぞっ！」

などというわけである。

また、同じく『日本国語大辞典』第二版は、このガゴゼ類のことばが、少し前まで関東から九州に至るまで広く使われていたらしいことを載せる。全国の子どもたちを恐怖のどん底に叩き落した、恐ろしいことばといえよう。確かに gagoze などという濁音だらけの音からなることばには、非常な厳めしさ、おどろおどろしさを感じざるを得ない。

このような恐ろしいことばであるが、実は奈良と深い関わりがあるとされている。

「ガゴゼ」とはどのような化け物か

ガゴゼ類は化け物の名前であった。それはどのような化け物だったか。化け物絵巻の一つである佐脇嵩之（さわきすうし）の『百怪図巻』（図1）や化け物図鑑とでも言うべき鳥山石燕（とりやませきえん）の『画図百鬼夜行』（図2）など、江戸時代の絵画の類にしばしばその姿が描かれている。

いずれも頭から布を被り、地を這うような格好で、怪しげである。派手さはないものの確かに怖い。これが来るならば、子どもが黙るのも頷ける。しかし、ここで注目したいのは、石燕がこの化け物の漢字

図1　佐脇嵩之『百怪図巻』より「がごぜ」
（福岡市博物館蔵、画像提供：福岡市博物館／DNPartcom）

表記を「元興寺」としている点である。元興寺といえば、南都七大寺にも数えられる、言わずと知れた奈良の古刹であり、世界遺産である。何故ここに元興寺（図3）が出てくるのか。

元興寺の鬼

江戸時代のはじめに林羅山（はやしらざん）という有名な学者がいた。若くして徳川家康に重用された儒学者で、博学で知られる。彼の随筆『梅村載筆（ばいそんさいひつ）』の中にガゴゼについて述べているところがある。

〇小児をおどしすかす時、面をいからめてがごぜと云ことはいかんと云に、元興寺とかけり。是をがごぜと云なり、大和の元興寺に鬼ありけること、本朝文粋に載たる道場法師が伝にあり。

（『梅村載筆』「日本随筆大成」一―一）

羅山が言うのは、ガゴゼは元興寺と書くが、奈良の元興寺に鬼がいたことが、『本朝文粋（ほんちょうもんずい）』の道場法師の伝説にある、ということである。かつて元興寺には鬼がいたらしい。ここでは簡潔にしか書かれていな

図2　鳥山石燕『画図百鬼夜行』より「元興寺（グハゴゼ）」（国会図書館デジタルコレクションによる、https://dl.ndl.go.jp/info:ndljp/pid/2606446）

図3　元興寺

いが、羅山はガゴゼの語源をその元興寺の鬼と関係付けていると見てよいだろう。

羅山は平安時代の漢詩集である『本朝文粋』に言及しているが、同様の話は説話集『日本霊異記』などにも見られる。この話の大まかなあらすじは、元興寺公式ガイドブックである『わかる!元興寺』で平易に述べられているので、今はそれを引こう。

> 敏達天皇の時代、ある農夫の元に子どもの姿の雷神が落ちてきた。雷神は自分の願いを叶えてくれるならば、子を授けようというので、農夫は雷神のいうとおりにし、雷神は再び天に帰っていった。数か月後に農夫は一人の子どもを授かる。この子どもは成長するに従い怪力を持つようになり、やがて元興寺の童子（後の道場法師）となった。
>
> ある時、寺の鐘楼に人食い鬼が出るというので、童子はその鬼の退治を申し出た。真夜中、童子は現れた鬼と闘う。闘いは夜明けまで続き、鬼は頭髪を引き剥がされたものの逃げ去った。童子は鬼の後を追いかけるが、辻子で見失った。故にこの辻子を不審ヶ辻子（俗に「ふりがんずし」）と呼ぶようになった。この後に鬼髪は元興寺の寺宝となったという。しかしながら、時の流れのなかでこの鬼髪は失われてしまったようで、現在は伝わっていない。

元興寺には道場法師と対決した鬼がいた、という話が古くから伝わる。人々のいう「ガゴゼ」とはその鬼のことである、というのがガゴゼ=元興寺説である。つまり、ガゴゼということばは元興寺（ガンゴウジ）が崩れた形ということになる。

語源について述べた説を「語源説」という。「ガゴゼ」と元興寺にまつわる語源説は羅山以降、江戸時代には広く受け入れられたらしい。江戸時代後期の文人である太田南畝も随筆集『南畝莠言』の中で、右と同様の道場法師の鬼退治の説話を引いた後、

> 今に小児を怖す諺に元興寺にかませんといふは是なり　（『南畝莠言』「日本随筆大成」二―二四）

と述べている。羅山から南畝まで二百年程度時間が流れている。その間にガゴゼ＝元興寺説は定着を見ていたようだ。恐ろしい化け物・ガゴゼは、長らくその由来を奈良に持つとされてきたのである。

二　「ガゴゼ」は元興寺なのか？

民俗学者・柳田國男の疑問

「ガゴゼ」という得体の知れない化け物を、元興寺（にあらわれた鬼）とする語源説は、広く知られてきた。確かに「ガゴゼ」という語と元興寺は音の響きが似ており、かつどちらも鬼が関わる。そのため、「ガゴゼ」の語源は元興寺である、という説明には、ちょっと信じたくなるような説得力がある。だが、本当にそうだろうか？

この語源説に疑問を呈したのが、民俗学者の柳田國男であった（図4）

柳田國男（一九三四）では、元興寺＝ガゴゼ説を「単なる学者の心軽い思い付きが、多数の信奉者を混

ても乱させた例」（三二六頁）に数え、先の『梅村載筆』の記述につい

たとえば喜遊笑覧その他の随筆に引用せられて居るガゴゼ元興寺説なども、これを首唱した梅村載筆の筆者などには、格別の研究があったわけでも無いが、誰でもこれを聴いた人は覚えて居て、一生に二度や三度は少年等に言ってきかせる。

（三二六頁）

図4　柳田國男（柳田國男『定本柳田國男集　第二巻』筑摩書房、1962の扉による）

と述べ、根拠なく広まった知識として扱う（なお引用にあたって、仮名遣いや漢字表記を現代のものに置き換えた。以下近代以降のものについてはこれと同じ）。

実際、民間に広まる語源説は総じて怪しい。例えば、鎌倉時代の語源辞書『名語記（みょうごき）』を開くと、「飛鳥（あすか）」という地名を次のように説明する。

問　飛鳥トカキテ　アスカトヨメリ如何。答。サタメテユヘ侍ルラム。イマダ存知セザルモノ也。但シ。アラサルカナノ反歟。荒去哉也。鳥ノアラクテトヒサルヲ心トセル義也。又云アマサルカナノ反。天去哉也。

（『名語記』巻八）

同書では飛鳥と書いて「アスカ」と読む理由を、鳥が飛び去る様子と見立てて、「アラサルカナ（荒去哉）」あるいは「アマサルカナ（天去哉）」の略として説明する。これがかなりこじ付けめいた説明であることは言うまでもない（もしそう感じられない方はぜひ大学で言語学や国語学を学んで欲しい）。語源について述べたものの多くは大抵このようなこじ付けである。

ガゴゼは「咬まうぞ」？

ガゴゼ＝元興寺説をあっさりと否定した柳田であるが、独自にその語源について考えをめぐらせる。ここで展開されている議論は、化け物はどのように名づけられるのかといった根本的な原理に関わるもので、非常に興味深い。が、話がそれるため今ここでは触れない。「ガゴゼ」に関わる点の結論のみを言うと、柳田は「ガゴゼ」の語源を「カマウゾ（咬まうぞ）」だという。

我々のオバケは口を大きく開けて、中世の口語体に「咬まうぞ」といいつつ、出現した時代があったらしいのである。その声を少しでもより怖ろしくする為には、我邦ではkをg音に発しかえる必要があり、又折としてはそのg音をまま なく（吃る）必要もあったかと思われる。

「咬まうぞ」というのは、「噛むぞ」ということ。お化けのような様相で「噛もうぞ」と声を挙げて脅していたのが、そのまま化け物の名前となったとする。そして、怖そうな発音にするために「噛む」の頭が濁音の「ガモウゾ」となり、さらに何度か転じて「ガゴゼ」となったと見る。同書の中では同じく化け物の名前に「モウコ」や「ガゴ」というものを挙げているが、これらも同じことばが別の方向に転じたものと見る。

この説についての是非を今は問わないが、それまで素朴に言われてきたガゴゼの語源は、柳田によってはじめて学問的な俎上に上げられた。

国語学者・鈴木博の検証

柳田によって否定されたガゴゼ＝元興寺説であるが、残念ながら広く理解を得られたとは言えない。有名な国語辞書などでもこの説を載せるものがある。このような状況を受けて、改めて国語学的な見地から検証を行ったのが、鈴木博（一九七八）である。

この論で問題の中心となったのは、「ガゴゼ」類と元興寺の語形の違いである。「ガゴゼ」類には、先に見た通り、様々なヴァリエーションがある。そのうち、文献資料上にあらわれる中で比較的古いとされてきたものは、室町時代末から江戸時代はじめの狂言の台本に見られる「ガゴウジ」であった。

> 七つさがつて清水へまいれば、がごうじがいでゝ、人をくふと申ほどに、日も暮れがたでござる、わたくしはゑまいるまひ
>
> （『虎明本狂言台本』〔「しみづ」『古本能狂言集』〕）

茶の湯を催すので、清水にいって水を汲んで来いという主の申し付けに対して、太郎冠者が七つ時（ここでは夕方の四時頃）を過ぎると、「ガゴウジ」が出てきて人を食べるので嫌だ、と言う。この「ガゴウジ」

は何やら怖そうな化け物の名前であり、「ガゴゼ」と同じものと見てよいだろう。

また、「ガゴウジ」の形も「ガゴゼ」と同じく子どもを怖がらせるのに使われており、同じく江戸時代のはじめ頃に書かれた三浦浄心（みうらじょうしん）の著書『慶長見聞集』に次のようにある。少し長くなるので、【　】内に現代語訳を付しておく。

老悴とおとろへ、いよ〳〵友ぞうとかりける。童子をかたらひ、まことならざる昔を語り、友となせば、昔を語り盡さずんば有るべからず、といひてやむ事なし。いたくいひし事なれば、或時は黄葉を金也とあたへてすかし、或時は顔をしかめ、がごうじとおどせ共、問やまず（以下略）

（『慶長見聞集』巻十　「江戸叢書」巻二）

【年を取って衰え、いよいよ友人が少なくなった。子どもと話し、真実ではない昔ばなしを語り、友人とした所、「昔のことを全部話さないとダメ」といって止まない。しつこく言うので、或時は黄色い葉を「金だよ」といってごまかし、あるときは、顔をしかめて「がごうじ」と怖がらせたけれど、聞くことを止めない】

年老いた男が子どもの駄々を誤魔化すのに、必死に怖い顔を作って、「ガゴウジィ！」などと言っているのを想像すると、なかなか微笑ましいものがある。それはともかく、これらに見た「ガゴウジ」の形は「ガゴゼ」と概ね同じような使われ方をしており、両者はつながりのあることばとして見てよいだろう。

「ガゴゼ」の古形

ここに挙げた文献資料は、総じて「ガゴゼ」の例よりも古いといえるので、「ガゴウジ」の方が古いと思わせる。となれば、やはり元興寺と関連付けたくなってくる。しかし、鈴木は独自の文献資料への調査をもとに、さらに古い形は「ガガウゼ」であることを示した。鈴木が挙げた資料は次の通り（句読点は私が補った）。

念テレ鬼ヲ曰―ガヾウセト云ヤウニ衆ヲ威（ヲト）セト云事チヤソ

（『漢書抄』一四五八年頃講　一五一三年頃写）

ヨノツネハ、舟カヲソロシイ物チヤカ、前ヲ思ヘハ此テ安堵シテ、クワツト、ユル〳〵ト縦ナヨ。舟ハ只何クニ留ントモマ、ヨ。今スデニ山デガヾウゼニ取レントシタト云テ、大イキヲツイテ、人間行処、巉山テ、行路難ソト云心ヲ以テ云ソ

（『古文真宝彦龍抄』一四九〇年頃）

子ノツヲウナクニ、麻秋ガコ、エクルト子ノ母カ云エハ、ナキヤウタソ。コ、ラニモ、チノミ子ガツヲウナクニ、コ、エガガウゼガクルト云テ、ヲソラカセバ、ナキヤムソ

（国会本『玉塵（ぎょくじん）』一五六三から講）

ここで引用される三書は、抄物と呼ばれる文献群に含まれる。抄物とは、詳しくは様々なものがあるけれど、室町時代の日本の学者や僧侶が中国から輸入された書物について解説した講義があり、その講義内容のノートといったところである。例えば、『漢書抄』であれば、『漢書』にみられる「念テ鬼ヲ曰……」の部分について、この内容が「ガガウゼと言うように人々を脅せということだ」と説明する。また、『玉塵』であれば、五胡十六国時代の後趙にいたとされる「麻秋」という将軍について触れている。麻秋は非常に残忍で恐ろしい人物として知られており、母親が子どもに「麻秋が来るぞ！」というと泣き止んだとされる。泣く子も黙る、というやつであるが、『玉塵』では、このことの解説に、日本の「ガガウゼ」が引き合いに出されている。

これらの抄物は、その成立時期はいずれも一五〇〇年代までにさかのぼり、狂言台本などの例よりも古い。そしてそのようなより古い文献資料にあらわれる形が、「ガガウゼ」であることに注目される。これは「ガゴゼ」や「ガゴウジ」とそれほど変わらないように見えるかもしれないが、両者の差は非常に重要である。これをもって、鈴木は次のように説く。

> 以上に見るように、ガゴウジ（ガゴジ、ガゴゼ）という語は、中世の抄物へさかのぼるとガガウゼであった。もしこれを通説のようにグヮンゴウジ（元興寺）からの音訛であるとすると、グヮン→ガ、ゴウ→ガウ、ジ→ゼ、という三通りの変化が室町期におこっていたことになる。けれどもゴウ→ガウのオ段長音の開合の混同について考えても、この頃は一般的に区別していて、ガガウゼの語源がグヮンゴウジであると認めることははなはだ困難であり、元興寺説は承服しがたい。そしてそれはまた、

ガゴウジ、ガゴジ、ガゴゼなどの古い形がガガウゼであることを予想していない柳田説に対しても、再考を求めることになるのではないかと思われる。

「グヮンゴウジ」は「ガガウゼ」にならない

議論の専門性が高いため、少し詳しく解説を加えておこう。元興寺の本来的な発音は、「元」を「グヮ」と読む、「グヮンゴウジ」であった。このような「クヮ」や「グヮ」の発音を合拗音（ごうようおん）と呼ぶ。合拗音は現代には残らない古い時代の発音で、おおむね江戸時代頃には使われなくなってきたとされる（明治あたりでも一部で使うことがあったらしい）。この合拗音などを含んだ「グヮンゴウジ」が、室町時代において「ガガウゼ」になるのは、ちょっと無理があるのではないか、というのが鈴木の主張である。

室町時代の発音は現代と異なる部分が多くあった。一つには、先に述べた合拗音であるが、もう一つここで関わるのが「開合」の差である。開合とは、簡単にいうと、「カウ」のようなauの母音が連続する発音と「コウ」のようなou（oo）の母音が連続する発音の違いである。前者を開音、後者を合音と呼ぶ。何故これが問題になるかというと、古くはこの違いでことばを区別していた（湯治（タウ）/tau/：冬至（トウ）/tou/）が、室町時代の終わりから江戸時代にかけて、この区別がなくなった。具体的には、auの発音が、ほぼouに変わり、現代ではauの母音の連続はほとんど見られなくなってしまった。だから現代ではauとouの違いでことばを区別するということがなく、この違いはことばを区別する上で役に立っていない。

しかし、「ガガウゼ」が確認される時代には、この区別ははっきりとしたものだった。また、「グヮ」と「ガ」の違いも明確に存在していた。このような違いがある時代において、「グヮ」が「ガ」に、「ゴウ」が「ガウ」に変わるといった変化は、現代の日本語を話している私たちが思うほど、簡単には起こらないと考えたほうがよい（例えば、旗 hata ということばをハサ hasa に変えてしまうといったことは、そう簡単には起こらない）。そのため、「ガガウゼの語源がグヮンゴウジであると認めることははなはだ困難」とするのである。この鈴木の考察はあまり知られていないが、文献資料上の確実な用例をもとに、言語学的にも厳密な態度で行われたもので、簡単には反論できない。

なお、鈴木はさらに慎重な態度で、ガゴゼの語源についても、柳田の「噛まうぞ」説を含めて、いくつかの角度から検証する。その結果、

> どの角度からガガウゼの語源に迫ろうとしても、それぞれに困難な点が存していて確実に言えるものは遺憾ながら見あたらない。

と判断し、

> 今のところはガガウゼを語源的に説明する途は幽闇のかなたにある。

と結論づける。

先に述べたように、語源について一般に言われる説は大抵が怪しい。それは、語をさかのぼるための資料はそれほど多くないにもかかわらず、後々の人が自分の知っているものに結びつけて、自由に作られたものが多いためである。実際にきちんと語源を調べようとすると、大抵は決め手に欠けて、よくわからな

いことが多い。それゆえ、厳密な検証の上で、「不明」と結論づけている姿勢は、学問的に非常に誠実なものである。

三　「ガゴゼ」と元興寺は無関係なのか？

ここまでをまとめておこう。

「ガゴゼ」は化け物をあらわすことばとして知られており、江戸時代にはそれがかつて奈良の元興寺にあらわれた鬼と同一とされた。そこから「ガゴゼ」の語源は元興寺という語源説が流布していた。しかし、近代になり柳田國男がそれを否定し、別の角度から考察を加える。さらに下って、鈴木博が文献上の最も古い形が「ガガウゼ」であることを示し、国語学的見地からも否定する。結局のところ、「ガゴゼ」の語源は不明である。

「ガゴゼ」をめぐるこのような話は、学説史としては興味深いけれど、結局のところ元興寺は「ガゴゼ」の語源ではなかった。これは「ガゴゼ」と「奈良のことば」とのつながりを期待して本論を読み進めた方にとって、いささか物足りないかもしれない。

しかし、決して元興寺と「ガゴゼ」が無関係であったということではない。

先に述べた通り、羅山以降、江戸時代にはガゴゼ＝元興寺説は流布していた。ガゴゼ＝元興寺説のその他の例を以下に挙げ、改めて江戸時代にこの説がどれくらい広まっていたかを示しておこう。

元興寺（グハゴウジ／ガゴゼ）［俚俗嫌シ二怖ス小児ヲ一之義。蓋シ往古以――ニ有ヲ二鬼魅一也事見水鑑本朝文粋］

（『書言字考節用集』第十冊　一七一七年刊）

【元興寺（グワゴウジ／ガゴゼ）俗に子どもを脅しすかす意味である。元興寺に鬼がいたことを『水鑑』『本朝文粋』に見ることができる】

【見聞集】の跋に或時は顔をしかめてがごうしとおとせども問やまず又（中略）顔をしかめてがごじといふは大和国元興寺の鬼の事【本朝文粋】に見えたり。（以下略）

（『嬉遊笑覧』巻六　一八三〇年刊「日本随筆大成別巻」）

『書言字考節用集』は江戸時代中頃の辞書。『嬉遊笑覧』は柳田も触れていた江戸時代後期の随筆。後者では、先にみた古今見聞集の文章を引きながら、改めてガゴゼ＝元興寺説を述べる。これらは、いずれも辞書や知識人たちの随筆といったもので、そのようなものにガゴゼと元興寺の関係は述べられていた。このことから察するに、ガゴゼ＝元興寺というのは一般的な知識というよりも、少し詳しい雑学的知識として流布していたのではないか。これらの記事を読んだときに、「ガゴゼ」ということばを介して、人々はその姿を元興寺の鬼としてイメージしたのではないだろうか。このような知識を仕入れた人々にとって、「ガゴゼ」は紛れもなく奈良の元興寺にまつわることばになっていた。

これは確かに後付けではあるけれど、後から生まれた語源への意識（語源意識）が、無知から生じた無意味なものであったわけではない。語源として信じられていたのであれば、やはり当時の人々にとっては、それは立派な「語源」であったと考えるべきである。

四　語源とは何か

ここでは語源が問題となっているわけであるが、本稿筆者は「語源」というものをそのことばの本来の姿、とは考えない。それよりも、そのことばの正体とでもいうべきものと考える。例を挙げながら説明しよう。わらべ歌の「かごめかごめ」は地域差もあるが、その歌詞は概ね次のようなものとされる。

かごめ　かごめ
かごのなかのとりは
いついつでやう
よあけのばんに
つるとかめが　すべった
うしろのしょうめん　だあれ

よく知られたものであるが、その歌詞は、決して明らかとは言い難く、よくわからないところも多い。例えば、「でやう」ということばについて、これが「であう（出会う）」が転じた形であっただろうことは、少し調べればすぐにわかる。しかし、現代語話者にとって「でやう」がどのようなことばであるのか、普段歌っている分には、ちょっと分からない。このような正体不明な語に出会ったとき、私たちは、その正体不明を正体不明なままにしないことが多い。例えば、「でやう」から元の形を想像し、「出会う」と言うことで、本来的な形へと「修復」した人も多いのではないだろうか。また、本来の形ではなく、「いついつＪＲ」などといった突飛な歌へと改変していた人もいるだろう。

このとき重要なのは、私たちは、その結果がどのようなものであろうと、その正体不明の語を、自分の知っている知識をもとに理解しようとしていることである。このときに、その正体としての語源が生まれる。このような語源意識は無視できるものではなく、語源に対する意識がもとになって変化が生じたことばも少なくない。

アカギレ（赤＋切れ　垢＋切れ）　←　アカガリ（足（ア）＋皸（カガリ））
ポンズ（ポン酢）　←　pons（オランダ語）

アカギレは冬場に乾燥するなどしてできる、手足などのひび割れのことであるが、古くはアカガリといった。これは本来的にはア＋カガリで理解されるもので、アは「足」、カガリは「ひび割れ」といった意味である。これが、使われているうちに、本来の語源が忘れられてしまい、その時「アカ」という音の連続が「赤」や「垢」だと意識され、残りの「ガリ」がそれに伴って、日常で使われる「ギレ（切れ）」へと変えられてしまった。

また、「ポン酢」という語は、本来的な語源はオランダ語のpons（ポンス）に由来する。このことばは柑橘系の果実の汁であるとか、それを使ったカクテルをあらわすとされる（フルーツポンチの「ポンチ」が同語源だという）。しかし、外来語として輸入されたとき、そのことを知る人も少なく、すぐに意味不明の語となったと考えられる。その際に、柑橘による酸味もあいまって、このことばの「ス」の部分は、日本語の「酢」であると理解され、濁音化した「ポンズ」の形をとった。

と、このように私たちは正体不明のことばに出会ったとき、自分が知っていることばをもとに後から語源を作り上げ、正体不明に正体を与えようとすることがある。そして、実際にそのことばを使う人々にとっては、それが後付けであろうと何であろうと、それこそがそのことばの正体に他ならない（今の私たちにとって、アカギレは紛れもなく「赤＋切れ」である。これに対して本来はア＋カガリである言い張ってみても、「アカギレ」を使う人々にとって、どれほど意味があるだろうか？）。

ガゴゼの場合は、それが「元興寺」であった。

五　ガゴゼは奈良のことばである

ガゴゼ、ガゴウジ、あるいはガガウゼなどといったことばがどのような語源にさかのぼるのかは、わからない。この正体不明の語は、古くはとても日常的なものであったと考えられるけれど、江戸時代においてはすでに正体不明であった。わからないものというのは、人間にとって非常に落ち着かないものである。そのような語に対して、これは元興寺であるという解説が加えられた。この語源説が広く知られるようになったのは、この言説が「ガゴゼ」の持つ落ち着かなさを和らげていたためだろう（一方で、そのために妖怪としての不気味さは減じたのかもしれない）。

また、「ガゴゼなんてことばがあるが、その語源は奈良の元興寺の鬼である」などと言われたとき、正体不明のガゴゼに「元興寺」という正体が与えられ、このことばと奈良の地とにつながりが生まれた。人々は得体の知れないこのことばから、元興寺を連想するようになり、そこに巣食った鬼やそれを退治した道場法師の姿に思いをはせた（のかもしれない）。そのようなストーリー性もまた、この語源説が人々に受け入れられた一因であろう。

「ガゴゼ」ということばと奈良とは本来関係のないものであった。しかし、この正体不明の語が奈良と新しく関係を持つことは、多くの人々に受け入れられ、また望まれるところともなった。そのような意味で、「ガゴゼ」は立派な「奈良のことば」なのである。

〔引用・参考文献〕

江戸双書刊行会『江戸双書　巻二』国書刊行会、一九六四年（大正五年版の復刻版）
京都大学「京都大学貴重書アーカイブ」――『漢書抄』（https://rmda.kulib.kyoto-u.ac.jp/item/rb00008074　請求記号五－四三／カ／一貴）
大塚光信編『続抄物資料集成　第十巻』清文堂、一九八〇年
国会図書館「国会図書館デジタルコレクション」――『玉塵抄』（http://dl.ndl.go.jp/info:ndljp/pid/2606749　請求記号WA16-135）

笹野堅編『古本能狂言集』岩波書店、一九四三年
宗教法人元興寺編『わかる！元興寺』ナカニシヤ出版、二〇一四年
鈴木博「ガゴウジ元興寺説を否定する」『国文学孜』八〇、一九七八年（『室町時代語論考』清文堂、一九八四年に改題の上収録）
田山方南校閲・北野克写『名語記』勉誠社、一九八三年
中田祝夫・小林祥次郎『改訂新版　書言字考節用集研究並びに索引』勉誠出版、二〇〇六年
日本随筆大成編輯部『日本随筆大成　一期一巻』吉川弘文館、一九九三年
日本随筆大成編輯部『日本随筆大成　二期二四巻』吉川弘文館、二〇〇八年
日本随筆大成編輯部『日本随筆大成　別巻七－一〇』吉川弘文館、一九七九年
柳田国男「妖怪古意」『国語研究』二－四、一九三四年（『妖怪談義』修道社、一九五六年に収録、本論は『定本　柳田国男集　第四巻』筑摩書房、一九六八年による）
『日本国語大辞典　第二版』小学館（二〇〇〇－二〇〇二年）

コラム 1

近畿地方の言葉
――入店時のあいさつとして発することば

岸江（きしえ） 信介（しんすけ）

はじめに

スーパーやコンビニがまだなかった時代、生鮮食料品から駄菓子、文房具、衣類など、ちょっとした日用品ならほぼ何でもそろう店が日本の各地にあった。特に田舎に多く、「よろず屋」あるいは「なんでも屋」と呼ばれた。店の規模は小さく、大半はその家の主婦が店を切り盛りすることが多かった。

ところで現在では、コンビニなどに入店する際、あいさつする客はいないが、昔は大人から子どもまで必ずと言っていいほど、一言、声をかけて店に入ることが多かった。時代は変わったものである。

近畿地方各地の年配の方々に入店の際に発することばについて尋ねてみた。昔を思い出して、近所にあった店に入るとき、どう言って店に入ったか、そのときのことばを答えてもらったのが図1である。

この言語地図は、二〇一一年から二〇一四年にかけて行った言語地理学的調査の結果を図示したものである。調査方法はおもに通信調査法による。近畿各地の公民館、コミュニティセンター等、公的機関の協力を得て、「各地生え抜きの方々」で、二〇一一年七月一日現在、六十歳以上の方々に回答してもらったものである。

近畿地方の言語地図から入店時のことばを探る

図1をみると、入店時の一言にも実に様々な言い方があることに驚かされる。近畿地方だけでもこれだけの表現があるのだから全国の方言を集めれば何倍、いや何十倍もの表現に接することができるであろう。

地図上のあいさつの形式を分類すると、存在確認類（例：イルケ、オルカ、オンサルカなど）、朝・昼・夜のあいさつ類（オハヨー、コンニチワ・コンバンワなど）、時

若狭湾
岐阜県
鳥取県
琵琶湖
愛知県
岡山県
35°
伊勢湾
大阪湾
香川県
34°N
紀伊水道
徳島県
近畿言語地図
高知県
0
25
50km
ランベルト正角円錐図法
135°E
136°
137°
イルカ
イルケ
イヤルケ
イテルケ
イテルカ
イテマスカ
オルカ
オルケ
オルノカー
オリマスケー
オンサルカー
コンニチワ
コンバンワ
オハヨー
アツイナ・サムイナ
ヨーフクナー
ヨーフルナー
エーヒヤナー
オバチャン・オッチャン
名前を呼ぶ
ジャマシマンナ
オジャマシマス
オーイ
ハーイ
ヘーイ
バーヨ
モーシ
ナンドー
ドーモ
(商品は)アルカー
エーモンナイカエ
ナイカニ
ウッテ
ウッテタモレ
オクレ
マイド
マイドオーキニ
マイドスミマン
マイドコンニチワ
イツモ
ゴメンクダサイ
ゴメンクザサイ
ゴメンクダサレヤ
ゴメンナシテ
ゴメンナイテ
ゴメンナサイ
ゴメンナンセ
ゴメナンセ
ゴメンナハレ
ゴメン類
ゴメンサレ
ゴメンシマス
ゴメンヤス
ゴメンヤ
ゴメンヤデー
ゴメンシテナ
ゴメンセーヤ
スミマセン
スミマヘン類
イツモスミマセン類
スイマセン
スイマヘン
スマン類
スンマセン類
スンマヘン類
ヤリヨッテカ
オーキニ
ゴブサタシテマス
その他
無回答

図1　入店時のあいさつ

候のあいさつ類（アツイナ・サムイナ、ヨーフルナーなど）、直接の呼びかけ類（オバチャン・オッチャン、名前を呼ぶ、オーイ、モーシなど）、販売要求類（ウッテ、ウッテタモレ、オクレなど）、感謝類（マイド、マイドオーキニ、マイドアリガトーなど）、謝罪類（ゴメンクダサイ、ゴメン、ゴメンヤス、ゴメンナシテ、スマン、スミマセン、スンマヘンなど）などに分けられる。存在確認類は、近畿地方ではさほど有力な形式ではないが、全国的には東北や九州を中心に使用され、入店時のあいさつことばとしては最も古い形式であるとされる（小林隆 二〇一四）。時候のあいさつ類や直接に呼びかける類も同様、近畿各地に現われることはないが、直接の呼びかけのオーイ、ハーイ、ヘーイなどの形式が兵庫県但馬地方と三重・和歌山県境の新宮周辺で使用されていることから近畿地方では古い部類に属していよう。朝・昼・夜のあいさつ類のうち、コンニチワは、全国共通語形として採用され、拡散したものであろう。

大阪府と和歌山県の県境と、三重県志摩市を結ぶ線より南側には販売要求類（ウッテ、ウッテタモレ、オクレなど）の形式が分布する。この線より北にはみられない。小林隆（二〇一四）によると、この種の形式は福島・千葉・埼玉・三重・和歌山および高知県西南部で使用され、周圏分布[1]していることが報告されており、南近畿各地に分布するこの形式こそ近畿地方では最も古い形式であると思われる。

近畿地方の全域でスミマセンやゴメンクダサイといった謝罪類の使用が多いことがわかる。スイマセン、スンマヘンなどのスミマセン系の形式は、近畿中央部である京都・大阪・奈良・神戸の各市においてよく使用されている。ゴメンヤス、ゴメンナシテなどのゴメンクダサイ系の形式は近畿中央部よりやや離れた地域での使用が目立つ。京都や大阪の市内の商家では、かつてゴメンヤス（ゴメンヤッシャ）などの言い方が盛んに用いられていたはずだが、ゴメンヤスは今回の調査を通じて滋賀県各地での使用が多いことがわかった。また、三重県中勢地区や和歌山県和歌山市にはゴメンナシテの分布がみられ、この形式はさらに四国東部の徳島県下でもよく用いられることから周圏分布をしていることが確かめられた。このような状況から京都市内や大阪市内ではかつてゴメンクダサイ系の形式がよく用いられたが、現在ではスミマセン系の形式に取って代られたとみられる。

感謝類のマイドは、本来「マイドオーキニ」といった謝礼を述べることばとして、京都や大阪、奈良で使われてきたことばである。大阪の商人たちがこれを「毎度（マイド）」と省略させ、出会ったときや入店時のあいさつことばとして使ってきたが、今回の調査結果から大阪市内での使用はほとんどみられなくなったことが判明した。一方、周辺部での使用が目立ち、特に和歌山県・奈良県中部以南・滋賀県南部などにまとまって分布している点も興味深い。和歌山では省略前の「マイドオーキニ」という形式が使われている点は注目すべきである。

おわりに

一枚の言語地図からことばの移り変わりが読み取れる。昭和、平成、令和と年号が変わり、少し前まで町中で盛んに聞かれたゴメンヤスやマイドといったことばがいつの間にか都市部から姿を消したかと思いきや、少し離れた周辺地域で今なお健在であることが確かめられた。

大阪・京都・奈良といった関西の都市部の方言が周辺に伝播していく様子と、都市部で起きた言語の改新のありさまが言語地図上に反映されている。換言すると、言語変化の過程をこの一枚の言語地図からうかがい知ることができるのである。

〔引用・参考文献〕

小林隆「あいさつ表現の発想法と方言形成」『柳田方言学の現代的意義―あいさつ表現と方言形成論―』ひつじ書房、二〇一四年

《註》

（1）文化的中心地の都（奈良・京都）で使われた方言が周辺部に伝播し、方言が周辺部で残存し、分布している状態をいう。

第2章 曲亭馬琴の歴史叙述

――後南朝史をめぐって

中尾和昇

一　後南朝史を描くこと

谷崎潤一郎『吉野葛』

谷崎潤一郎の中編小説『吉野葛』（初出『中央公論』昭和六（一九三一）年一・二月号）は、後南朝（南北朝合一後に興った南朝系の朝廷）を題材とする歴史小説の執筆を計画していた「私」が、親友の津村の誘いを受けて、歴史的伝承の数多く眠る吉野を訪問するところから始まる。その冒頭部分、後南朝の興亡について記した後、

南山巡狩録、南方紀伝、桜雲記、十津川の記等にも皆載つてゐるし、殊に上月記や赤松記は当時の実戦者が老後に自ら書き遺したものか、或はその子孫の手に成る記録であつて、疑ふ余地はないのであ

る。……拠り所のない空想ではなく、正史は勿論、記録や古文書が申し分なく備はつてゐるのであるから、作者はたゞ与へられた史実を都合よく配列するだけでも、面白い読み物を作り得るであらう。(1)

と述べ、その史実性を強調するとともに、小説とするに相応しい題材であると主張している。谷崎が挙げた史料は、いずれも後世に編まれたものであるため、歴史学的には信を置きがたいものの、後南朝史の大要を把握するには、これらに頼らざるを得ないのが実情である。まずはこれらの史料をもとに、後南朝史を繙いてみたい。

後南朝史

明徳三（一三九二）年に締結された、いわゆる「明徳の和約」では、天皇は北朝系と南朝系から交代で出す「両統迭立」で合意し、南朝の後亀山天皇は、北朝の後小松天皇に三種の神器を渡して南北朝が合体した。ところが、応永十九（一四一二）年に北朝系の後小松天皇が譲位し、その皇子である称光天皇が即位したことがきっかけで、北朝系によって皇位が独占されるようになった。同二十一（一四一四）年、伊勢の北畠満雅は後亀山天皇とその皇子小倉宮を支持して、足利氏の横暴を憎んで挙兵するが、事成らずして和解。正長元（一四二八）年、称光天皇が崩御し、伏見宮家から後花園天皇が迎えられて皇位に就いたた

図1　三之公

め、満雅は小倉宮を奉じて再び挙兵したが、幕府軍に攻められて敗死。嘉吉三（一四四三）年九月、南朝の遺臣日野有光は嘉吉の乱（赤松満祐が将軍足利義教を暗殺した事件）後の幕府権力の動揺につけ込み、南朝の皇胤とされる金蔵主・通蔵主を奉じて内裏に潜入し、三種の神器の剣と神璽を奪って比叡山に立て籠もった。幕府軍の鎮圧によって剣は戻ったものの、神璽は南朝に持ち去られた。金蔵主らは吉野に逃れ、川上村の三之公に御所を築き、後南朝を開いて初代天皇となった。金蔵主の死後、享徳三（一四五四）年二月、長男の自天王が二代天皇に、次男の忠義王が征夷大将軍となり、南朝方の郷士に守られながら再起の機会をうかがっていた。一方、嘉吉の乱で没落した赤松の遺臣たちは、長禄元（一四五七）年十二月、奥吉野の北山・川上に本拠を置いていた後南朝の行宮を襲撃、自天王・忠義王兄弟を討ち、神璽を強奪した。この功績により、幕府は赤松氏の再興を許し、政則に家督を相続させた。応仁の乱以後は南朝系の皇胤（天皇の血統をひく者）はあらわれなくなり、後南朝は次第に勢力を失って自然消滅の途をたどった。

　このような〈歴史〉に鑑みれば、虚構を盛り込むことも容易であったろうことは想像に難くなく、だからこそ、谷崎の言う「面白い読み物を作り得る」ことも可能であったものと思われる。ところが、谷崎が「これだけの材料が、何故今日まで稗史小説家の注意を惹かなかつたかを不思議に思つた」と嘆いているように、後南朝に対する関心はそれほど高いものではなく、文学作品に取り入れられることは少ない。そんな中、後南朝に並々ならぬ関心

図2　御首載石跡

を抱いていたのが、『南総里見八犬伝』の著者として名高い曲亭馬琴である。

二　曲亭馬琴の歴史叙述――『椿説弓張月』の演義体

馬琴の南朝贔屓

谷崎が「馬琴の作に「侠客伝」といふ未完物があるさうで、読んだことはないが、それは楠氏の一女姑摩姫と云ふ架空の女性を中心としたものだと云ふ」と述べるように、馬琴には後南朝を扱った『開巻驚奇侠客伝』（以下『侠客伝』）という読本（江戸後期の伝奇小説の総称）作品がある。天保三（一八三二）年に第一集の刊行が始まり、同六（一八三五）年に第四集まで刊行されたが、河内屋茂兵衛（大坂の書肆）とのトラブル[2]によって休筆、萩原広道が第五集を書き嗣いだが、以降は刊行されず未完に終わった。本作は、南朝の忠臣脇屋義隆の遺児小六と、楠正元の娘姑摩姫を主人公とし、足利氏の世にありながら、協力して南朝のために忠義をつくすという物語である。

馬琴は南朝贔屓として知られており[3]、第一集「自序」にも、「新田は足羽に殂し楠氏は湊河に陣歿す。大凡此の二公は、誠忠日月と光を争ふ。徳義流芳して既きず。惜しいかな枝葉再び振はず、栄枯得喪、南朝と終始せり。是を以て世人不平、以て遺憾と為す」（原漢文）と述べられている[4]。また、北朝の繁栄を快く思わなかった馬琴は、同じく「自序」で「旧記の闕文を補ひ、慢りに野乗の未だ言はざる所を載せて、義を演べ伝を立て、以て人の心を快くせんと思欲す」（原漢文）とも述べており、南朝の子孫を作品の中で活躍させようとする意図が読み取れる。中でも「旧記の闕文を補ひ」という表現には注意したい。

史実に依拠すること

すでに中村幸彦「後期読本の推移」（『中村幸彦著述集　第四巻』中央公論社、一九八七年）が指摘するように、馬琴は文化五（一八〇八）年頃から「演義体」という小説様式を模索している。それは、山東京伝（江戸後期の戯作者）の読本『双蝶記』（同十（一八一三）年刊）の批評『おかめ八目』（同年成）で「唐山に、演義の一書は、時代、年月、姓名など、正史よりとり出て、あやしうつゞりなしたるものなり。これを演義と唱て、世俗のもてあそびものとす[5]」と述べるように、中国の演義小説（水滸伝・三国志演義など）を範と仰ぎ、史実に依拠する形で物語を構成することであり、『椿説弓張月』（文化四〜八（一八〇七〜一一）年刊）の執筆を経て辿り着いた馬琴の新境地であった[6]。そこで、まずは『椿説弓張月』における歴史叙述の方法について見ていくこととしたい。

馬琴の長編読本『椿説弓張月』（以下『弓張月』）は、文化四（一八〇七）年に前編の刊行が始まり、同八（一八一一）年に残編の刊行をもって完結した。若くして伊豆大島で敗死した英雄源為朝の後日譚を、歴史文献に基づいた雄大な構想で繰り広げたものである。ただし、註（6）大高論文が指摘するように、前編執筆の段階において、馬琴は後編で完結させる予定であった。ところが、歴史文献の丹念な考証の結果、長編化へと舵を切ったのである。

前編「自序」によれば、馬琴は為朝が琉球に渡った事実を、林羅山『本朝神社考』（寛永十五－正保二（一六三八－四五）年頃成）および寺島良安『和漢三才図会』（正徳二（一七一二）年刊）から見出していた。

とはいえ、馬琴が保元の乱（保元元〔一一五六〕年に起こった内乱）の史的根拠としていた今井弘済・内藤貞顕『参考保元物語』（元禄六〔一六九三〕年刊）には、為朝が琉球へ渡った記述が見られなかったため、「軍記の異説」[7]や「古老の伝話」を突き合わせただけの「狂言綺語」（巧みに表面を飾るだけで内容のない文章や小説）に止まった。しかし、後編の執筆に至って、作品構想は大きな転換を見せる。すなわち、後編「備考」に「余嘗元史類篇、中山伝信録等ヲ閲スルニ、琉球中興ノ主、舜天王ハ、スナハチ為朝公ノ子ナルヨシ、其書ノ注ニ見エタリ。伝信録コレニ同シ」と記すように、琉球国王となったのは為朝の子（舜天丸）であり、為朝自身ではなかったため、馬琴は子どもたちの活躍を後編以降の軸に据えたのである。これを機に、馬琴は「正史よりとり出て、あやしうつゞりなしたる」という方法を確立させた。このような姿勢は、後編以降の序跋からもうかがえる。では、馬琴が採用した「正史よりとり出て、あやしうつゞりなしたる」方法とは、いかなるものなのだろうか。

三　史実と虚構の間――身替りと仇討

史実と虚構の間

後編第二十二回、保元の乱に敗れ伊豆大島に流された為朝は、善政を敷いて伊豆諸島すべてを従えていたが、本土から工藤茂光の軍勢が押し寄せる。そこで、大島で郎党となった鬼夜叉は、為朝の身替りを申し出る。為朝を逃がした後、鬼夜叉は用意していた柴に火をつけ、腹を掻き切って業火の中に消えていった。その後、敵方の加藤次景廉が焼け落ちた屋敷に入ると、「七尺有高の大男」[8]が立ちながら腹を切っているので、「全体皺りて見わきがたけれど、これ為朝なるべし」として、鬼夜叉の首を討って都へと持ち帰る。これについて馬琴は、『参考保元物語』の記事を挙げて以下のように述べている。

按ずるに、参考保元物語に、鎌倉本、半井本の異同を挙て曰、「その後為朝は、家に火をかけ、腹掻切、中柱に背をあて、弓杖をつかへて立たり中柱云云半井本になし。兵共家の焼るを見て、舟どもを寄て打入んとしけるが、虚死やらんと猶怖しくて、左右なくも入らず。家の焼落んとしけるとき、加藤次景廉云云」とあり。かゝれば鬼夜叉が館に火をかけて、敵を欺きたりといふ説は、少しく据ありとしるべし。

図3 『椿説弓張月』後編・第二十二回挿絵（国立国会図書館蔵本）

馬琴が引用した『参考保元物語』の記事には続きがあり、景廉の言葉として「焼首ヲ献ン事見苦シカルヘシ」（巻第三「為朝鬼島渡并最期事」）とある。つまり、景廉は焼首を為朝のそれと判断したことになり、ここに虚構を盛り込む余地を認め得るのである。傍線部で示した馬琴の発言は、このことを意味していよう。ただ、厳然たる史実を改変することには懐疑的で、そこに作者の介入は許されないという意識があったようである。この点に関しては、文化五（一八〇八）年刊の読本『頼豪阿闍梨怪鼠伝』から考えてみたい。

動かしがたい史実

『頼豪阿闍梨怪鼠伝』（以下『怪鼠伝』）は、源頼朝の命を狙う木曾義仲の遺子義高と、兄猫間光隆を義仲によって失った光実による、二つの仇討を交錯的に描いた作品で、『源平盛衰記』『吾妻鏡』などの軍記や史書によって世界を構築し、頼豪阿闍梨・景清・予譲などの伝説を盛り込んでいる。本稿では、主人公義高の仇討について見ていく。

木曾義仲は、望んでいた征夷大将軍に頼朝が任ぜられたと聞いて憤り、洛中で乱暴狼藉を働く。義仲を宥めるべく、勅使として派遣された光隆は、義仲に嘲弄され、家宝を奪われたのちに自害する。仇敵義仲を狙っていた弟の光実は、彼が粟津が原で頼朝の家来石田太郎らによって討死したことを知って失望するが、今度は子息義高を狙う。一方の義高も、父の仇である頼朝を狙うものの、その仇討は失敗に終わる。そこには、義高が用いた妖術と、頼朝という強大な存在が大きく関係している。

後編・第十二套、頼豪阿闍梨の怨霊から妖鼠の術を授かった義高は、術を駆使して石田を討とうとするが、「縦恨あるにもせよ、などて名告かけて勝負は決せず、刃を飛して腕を折かし、進退自由ならざるを撃んと謀るは、勇士のせざる所也」(9)と

図4　『頼豪阿闍梨怪鼠伝』後編・第十二套挿絵
（早稲田大学図書館蔵本）

あるように、逆に石田から、その手段を痛烈に非難される。これについて、馬琴は前編・第七套末の自評で、平将門（まさかど）の幻術を例に挙げつつ、「夫己（それおのれ）を脩（おさめ）、人を征するは、徳にあつて術にあらず」と評している。事実、猫間家の家宝「金の猫」の発した光によって、義高の妖術は破れてしまう。その一方で、馬琴の言う「人を征する」ために必要な「徳」を備えているのが、頼朝である。

石田を討ち取った義高は頼朝への仇討を誓うが、「平家の悪逆を討」つほどの「武運めでた」い存在である頼朝を討つならば、「反逆（ほんぎゃく）の罪」は免れないとして、宇野行氏（うんのゆきうじ）夫婦（義高の供人）の霊に諫止（かんし）される。ここに、動かしがたい史実に対する馬琴の意識が読み取れよう。このことは、馬琴が晩年に自らの読本作品を批評した『著作堂旧作略自評摘要（ちょさくどうきゅうさくりゃくじひょうてきよう）』（天保十五〔一八四四〕年成、以下『自評』）からもうかがえる。

> 清水冠者義尭（よしたか）の如きは、作者の自由に成しかたき実録あれば、只石田太郎為久を撃補（うちとり）しのみにて、頼朝を撃（うつ）ことを得ず。……結局に至りてめでたし〳〵といひがたきは、頼豪の故事を借用して後栄なき義尭の伝を立たれは也。(10)

以上、馬琴の言う「正史よりとり出て、あやしうつゞりなしたる」方法の具体相について、『弓張月』および『怪鼠伝』より確認してきた。すなわち、馬琴にとっての歴史叙述とは、歴史の大筋を改変するのではなく、その間隙に虚構を盛り込むというものであった。

四　後南朝を描く①――『松染情史秋七草』

『松染情史秋七草』

話を後南朝史に戻そう。谷崎は『吉野葛』で『侠客伝』について触れた後、「吉野王を扱つた作品が一つか二つ徳川時代にあるさうだけれども、それとて何処まで史実に準拠したものか明かでない」と述べている。ここでいう「吉野王を扱つた作品」とは、都賀庭鐘の読本『莠句冊』「大高何某義を厲し影の石に賊を射る話」（天明六〔一七八六〕年刊）を指しているが、他にも後南朝を扱った作品が存する。その一つが馬琴の読本『松染情史秋七草』（文化六〔一八〇九〕年刊）である。

『松染情史秋七草』（以下『秋七草』）は、油屋の娘お染と丁稚久松による心中事件を描いた情話を、「不義不孝之大ナル者」（「序」）[11]と捉え、南朝の楠・和田両家の子女が離散したのち、再会して家名を守り継ぐという、忠孝貞節を扱った物語に改変した作品である。具体的に示せば、和田正武の娘秋野姫はお染、楠正元の子息操丸は久松と変名して町人に身をやつすものの、類似した名の染松（和田正武の家臣雑居兵衛の子）の身替りによって危機を脱するというものである。[12]また、横山邦治『読本の研究―江戸と上方と―』（風間書房、一九七四年）が「南朝の忠臣楠・和田両氏の事蹟に付会した史伝的背景のもとに、父正元の仇足利義満を討たんとする操丸の決心は、結局実現するには至らないが一つの小主題となっており」と指摘するように、『秋七草』もまた『弓張月』『怪鼠伝』とともに、史実に依拠する形で物語が構築されている。このことは、冒頭部分における以下の記述からも明らかである。

此書竊に、細々要記、桜雲記、吉野拾遺、南朝記伝、円太暦、鎌倉大草紙、足利治乱記等の諸説を据として、はじめに楠氏の事蹟を述るといへども、亦彼三楠実録、楠戦功実録、楠家全書、楠軍物記、楠物語等の趣と同からず。

例えば、楠正成の三男正儀が北朝に降伏することについては、『細々要記』『桜雲記』『足利治乱記』の記述に基づいている(13)。このことを踏まえて、『秋七草』で描かれる正儀の次男正元による足利義満襲撃について考えてみたい。

正元の義満襲撃

降参した正儀の死後、北朝側との戦いは激しさを増していた。千剣破城で籠城していた正元は南朝衰滅の危機を悟り、義満暗殺を企てる。このことは、『桜雲記』下「元中九年」項に、

畠山発向シテ城（千剣破城—筆者注）ヲ攻。城兵防戦スト云トモ助ケノ兵ナク戦ニ倦、遂ニ城没落ス。既ニ楠正勝其弟正元十津河辺ニ流浪スト云トモ、南朝ヘノ忠ヲ不忘。爰ニ於テ正元密計シテ武将義満ヲ討ントス。呼喚、南方衰ヘ武家盛ンナル故ニヤ、遂ニ事顕ハレテ殺戮セラル(14)。

とあることから、史実に基づいた記述であることがわかる。ところが、傍線部で示したように、正元の

義満暗殺は失敗に終わる。結論から言えば、『秋七草』においても義満暗殺は同様の結果となる。これは『怪鼠伝』と同様の事例、すなわち『自評』で述べた「作者の自由に成しかたき実録」に該当するものであろう。ただ、馬琴は史実では具体的に描かれなかった正元の義満襲撃を、『太平記』巻第七「吉野城軍事」および第二十七「田楽事付長講見物事」を用いて脚色している。(15)

続編の構想

さて、馬琴は『秋七草』末尾において、南朝の行末を概観しつつ、物語を締めくくっているが、そこには以下のような記述が見られる。

> 遂に吉野の奥に引籠りて、時の到るをまつ程に、秋野姫の腹に、一男一女出生し、嫡子は楠七郎と名告らし、息女は成長の後、大和の越智へ嫁り給へり。かくて夥の年を経て南帝高福院ふたゝび吉野に起り給ひしとき、楠七郎大将をうけ給はりて、武略誠忠先祖に劣らず、しば〳〵足利の大軍と戦ひぬ。楠七郎の事は、桜雲記・鎌倉大草紙等に見えたり。

徳田武「後南朝悲話―庭鐘・馬琴・逍遥―」（註（3）前掲書）が指摘するように、この記述は馬琴が『秋七草』の執筆段階から南朝方の子孫による活躍を構想していたことを示しており、『侠客伝』に至ってそれが果たされることとなるのである。

五　後南朝を描く②――『開巻驚奇侠客伝』

『開巻驚奇侠客伝』と『女仙外史』

先述したように、『侠客伝』は脇屋義隆の遺児小六と、楠正元の娘姑摩姫を主人公とするが、とりわけ姑摩姫の活躍に注目したい。姑摩姫は、河内国金剛山の麓で傅きの隅屋惟盈夫婦と暮らしていたが、幼い頃から南朝の遺臣たる志を持ち、「俺身女子にあなれども、正成卿の曾孫にて、正元朝臣の嫡女也。父祖の忠義を承嗣て、足利義満・義持を、一刀也とも撃ことあらば、死するといふとも憾なし」（第二十回）と、父の成し遂げられなかった義満暗殺を誓う。そんな中、姑摩姫の前に葛城の神女九六媛があらわれ、剣侠の仙書を与える。姑摩姫は九六媛から与えられた仙書の学習に日々を送り、仙術のほか、文学・武芸・兵法まで身につけるのであった。

この展開は、第二十五回で「唐山には婦人にも、唐賽児とやらんがごとき、幻術左道を行ひたる、叛逆のものありとか聞けば、那姑摩姫も厶們の亜流歟」と記されるように、明の靖難の変（明の燕王が挙兵し、建文帝から帝位を簒奪した事件）と唐賽児の乱（明代の一四二〇年に起こった、唐賽児を首領とする農民反乱）という、二つの史実を一つに取り合わせて翻案した中国小説『女仙外史』を踏まえたものである。[16]『女仙外史』は、月君という女性が九天玄女から仙術を授かり、燕王に位を奪われた建文帝のために義兵を挙げ、月君のもとに集まった建文帝の忠臣の子孫らとともに燕王軍を相手に活躍するというもので、後南朝の世界を描いた本作と類似していることがわかる。

姑摩姫の義満暗殺

さて、九六媛から義満暗殺の期が熟したことを告げられた姑摩姫は、義満の祖父尊氏が初めて後醍醐天皇に弓を引く決断をし、箱根竹下の関に向かったときに帯びていた「弓箭」を授かる。これは、九六媛が「是則他が本心、獍梟の虐を見して、朝廷に弓を彎たりける、事の刱の東西なれば、和女郎今亦這箭をもて、その孫義満を射て仆さば、是返矢の故実に称ん」（第二十二回）と説くように、姑摩姫が義満を殺害するのに尊氏が帝に引いた弓を以てすれば、仇討の目的を達成できるのみならず、返矢の故事（天稚彦が自分で雉を射た矢を、高皇産霊尊に投げかえされて死んだという神話）に倣って天の冥罰を示すことができるというものだという。その後、「隠形の術」を用いて金閣に潜入した姑摩姫が、「這征箭は、汝が大父尊氏が、鎌倉に在りて叛逆の折、朝廷に向ひ奉りて、射て発ちたる暴虐箭なれば、児孫に返す天の冥罰、三世の悖逆免る丶路なし。受ても見よや」言って矢を放つと、義満は「胸前」を「禺殺と射洞」されて死んだ（第二十三回）。

これまでに述べた馬琴の歴史叙述から鑑みれば、姑摩姫による義満暗殺は歴史の大筋を改変するおそれがあるのだが、そこには馬琴による巧妙な仕掛けが施されていた。それは、従来のような史実に虚構を盛り込むというものではなく、両者を大胆に重ね合わせるというものである。具体的に見ていこう。

史実の虚構化

先程の場面で姑摩姫が義満に名乗りかけたとき、「其首に多かる近臣們の、目には得見えず、耳にも聞えず、只義満のみ分明に、言の心を得られけん」とあるように、彼女の姿や声は義満にのみ理解されるものであった。しかも、射られた義満の「五臓」は傷つけられたものの、「矢瘡」はまったく見えなかった。そのため、近臣たちの目には、「御所には猛可に御不例也。やよおん薬よおん水よ」と、急病で倒れたように映ったのである。これは、九六媛が授けた仙術の特徴で、第二十回に詳しく記されている。

(1)その首を拿るに、忽来たり忽去て、妻子といへどもこれを知ず。或は(2)その吭を拉ぎて、睡眠中にこれを殺し、或は(3)神箭を射出して、五臓を傷りて、身に傷けず。こゝをもて(4)その家眷は、只是暴死と思做して、その術を得知ることとなし。

これらは中国小説『初刻拍案驚奇』巻四「程元玉店肆代償銭　十一娘雲崗縦譚侠」における「(1)或径取首領及其妻子、不必説了；次者(2)或入其咽、断其喉、(3)或傷其心腹、(4)其家但知為暴死、不知其故」（傍線筆者）[17]という記述を踏まえたものである（註（16）得丸論文）。このことは、第二十三回の挿絵で、姑摩姫のみが薄墨で表現されていることからもうかがえる。

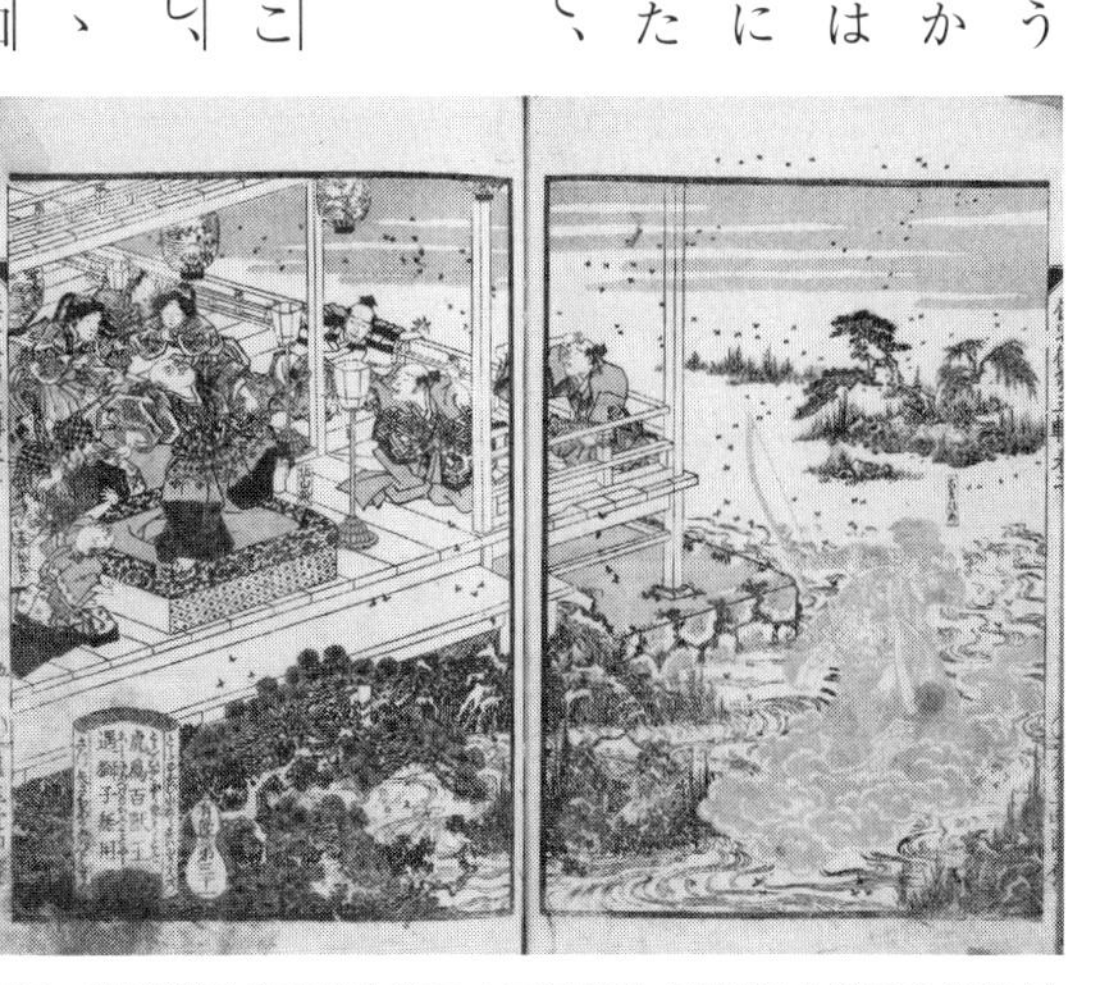

図5　『開巻驚奇侠客伝』第二十三回挿絵（早稲田大学図書館蔵本）

そして、ここで注目したいのが、近臣たちの「御所には猛可に御不例也」という言葉である。実は、姑摩姫が潜入する数日前より、義満は急病を発して床に臥していたが、五月に入ってからは回復していた。姑摩姫に討たれたのはその矢先の出来事であったため、義満が亡くなって数日後、「其頭(そこら)の秘密を知りたるもの」は、「御悩再発し給ひけん、暴(にはか)に薨(かくれ)給ひにけり」と、病気の再発が原因だと思ったのである。ただ、この義満の病死は厳然たる史実である。山科教言(やましなのりとき)『教言卿記(のりとききょうき)』応永十五年四月および五月の記事[18]には、

廿八日　一、予參北山殿……聊御咳氣之、無御對面、以教興朝臣申入了、凡濟々人々雖參入、依御不豫無御對面也
廿九日　一、大御所御咳氣御小減云々、目出々々
二日　一、北山殿御不豫、御滅之由告申、目出々々、天下諸人大慶、珎重々々
六日　一、北山殿御円寂、五十一才歳霜也 申斜、珍事々々、天下諸家哀慟無極々々、寅剋等持院被成申云々

とあり、義満は四月二十八日から体調を崩し、翌五月二日には持ち直したものの、六日に亡くなったことがわかる。つまり、馬琴は義満の病死を、姑摩姫の仙術によって討たれたものとすることで、史実を改変することなく虚構化することに成功したのである。

虚構化の限界

義満暗殺に成功した姑摩姫だったが、なお飽き足らず、今度は義持を狙う。ところが、義持の寝所には

「年尚少(としなほわか)き一個(ひとり)の法師」が、「蒲団の上に趺坐(ふざ)」していた。法師は大徳寺の一休で、義持の「御凶相」を察知して寝所を替えていたのであった。一休が数珠で額を打つと、姑摩姫は思わず短刀を落とし、力士たちによって捕えられてしまう。姫はなおも抵抗するが、一休は「垣を踰穴隙(こえけつげき)を鑽(き)り、刺客夜盗の状態を事として、仮令(たとひ)怨を復(かへ)すとも、そは良将のせざる所、勇士の恥とする所也」などと言って諭す。これは、妖術を使って頼朝を討とうとする義高への非難とまったく同じ状況であり、そこには馬琴の一貫した姿勢がうかがえる。また、一見すると蛇足ともとれる義持暗殺未遂は、結局のところ、足利氏という強大な存在の前では、これ以上の敵討は望めないと考えたからであろう(19)。

六　むすびにかえて

以上、本稿では後南朝を描いた『侠客伝』を中心に、読本作品からうかがえる馬琴の歴史叙述について述べてきた。歴史の大筋を改変することなく、その間隙に虚構を盛り込むという方法は、馬琴が一貫して用いたものであったが、そのようにして紡ぎ出された物語は、彼にとっては、あくまで稗史(はいし)であって虚構である。先に引用した『秋七草』冒頭部分の続きにも、

> その事多くは寓言にして、只(たゞ)阿染久松が奇耦(きぐう)をいはんとて、姑(しばら)く楠氏の名を借るのみ。夫(それ)艶曲演戯の誨淫猥褻(くわいいんわいちやう)なる、小説者流は取らず。更に松染の節操を録(しる)して、穐七草(あきのなゝくさ)と命(なづく)るものは、華説の花のみにして、事実の実なければ也。

と記されている。また、『弓張月』の角書（書物の主題や内容を二行または数行に割って書いたもの）「鎮西八郎為朝外伝」は、史実では描かれない為朝の外伝を記したとの謂である。逆に言えば、虚構の世界を描いた小説であるからこそ、真実らしく描くこと、すなわち史実に基づくことの重要性を、強く感じていたのではないだろうか。

《註》

（1）谷崎潤一郎『決定版谷崎潤一郎全集　第十五巻』中央公論新社、二〇一六年。

（2）天保六年六月六日付小津桂窓宛馬琴書簡に「全体、河内屋茂兵衛、手前勝手のミいたし、甚可憎事多く、堪かね候間、『侠客伝』五集ハ、当分休筆のつもりニ決着いたし、其段、大坂へも□（ムシ）申遣し候間、右之書、四集切ニて、しバらく□（ムシ）絶可致候。五集の腹稿、種々御座候処、ケ様之わけになり行、尤不本意の仕合ニ御座候」とある（柴田光彦・神田正行編『馬琴書翰集成　第四巻』八木書店、二〇〇三年）。

（3）徳田武「馬琴の稗史七法則と毛声山の「読三国志法」―『侠客伝』に即して「隠微」を論ず―」『日本近世小説と中国小説』青裳堂書店、一九八七年。

（4）横山邦治・大高洋司校注『新日本古典文学大系87　開巻驚奇侠客伝』岩波書店、一九九八年。以下同。

（5）早川純三郎『曲亭遺稿』国書刊行会、一九一一年。

（6）石川秀巳「〈史伝物〉の成立―馬琴読本と時代浄瑠璃―」『日本文学』37-8、一九八八年。大高洋司「『椿説弓張月』論―構想と考証―」『読本研究』六上、一九九二年。

（7）後藤丹治校注『日本古典文学大系60　椿説弓張月　上』岩波書店、一九五八年。以下同。

（8）『参考保元物語』巻第一「新院御所各門々固附軍評定事」では、為朝の身体的特徴を「七尺許ナル男ノ、目角二ツキレタルカ」と記している（早稲田大学図書館蔵本〈古典籍総合データベースより〉）。

（9）鈴木重三・徳田武編『馬琴中編読本集成 第九巻』汲古書院、一九九九年。以下同。

（10）神谷勝広・早川由美編『馬琴の自作批評―石水博物館蔵『著作堂旧作略自評摘要』―』汲古書院、二〇一三年。

（11）鈴木重三・徳田武編『馬琴中編読本集成 第十一巻』汲古書院、二〇〇一年。以下同。

（12）中尾和昇「「身替り」の機能―〈巻談もの〉を中心に―」『馬琴読本の様式』清文堂出版、二〇一五年。

（13）馬琴は、文化八（一八一一）年刊の随筆『燕石雑志』巻之三「正儀義隆 一休咏謌附」でも同様のことを記す。

（14）安井久善編『古典文庫482 浪合記・桜雲記』古典文庫、一九八六年。

（15）後藤丹治『太平記の研究』河出書房、一九三八年。

（16）麻生磯次『江戸文学と中国文学』三省堂出版、一九五五年。前掲徳田論文。得丸智子「姑摩姫の仇討―『侠客伝』の女侠論―」『読本研究新集 第一集』翰林書房、一九九八年。

（17）張明高校注『二拍 初刻拍案驚奇』中華書局、二〇一五年。

（18）小森正明校訂『史料纂集古記録編 教言卿記 第四』八木書店、二〇〇九年。

（19）黄智暉「馬琴読本における春秋の筆法―『女仙外史』の影響を手掛かりに―」『馬琴小説と史論』森話社、二〇〇八年。

第3章 奈良と近代文学
——文学者たちが見た奈良

光石　亜由美

一　観光都市・奈良の誕生

近代以降、奈良には森鷗外、志賀直哉、谷崎潤一郎など様々な文学者が訪問、滞在している。彼らの目に映った奈良とはどのようなものだったのだろうか。そして、文学者たちは、奈良という土地からどのような創造性を得て、奈良の風景をどのように描いたのか。また、文学者たちは奈良の人々とどのような関係を切り結んだのか。

まず、近代において奈良が観光地として発展してゆく過程を概観してから、奈良にゆかりのある作家たちとその作品のいくつかを紹介してみたい。

奈良時代、奈良は政治の中心であり、仏教の中心であった。七一〇年、藤原京から平城京に遷都、七五二年には東大寺の大仏開眼供養が行われ、七五四年には唐の僧・鑑真（がんじん）が来朝する。また、古事記、日本書紀、万葉集などが編纂されたのもこの時代である。七八四年に長岡京に遷都するまで、奈良は政治・宗教・文化の中心地であった。

平安時代、京都に都が移ってからは、長谷や吉野を含んだ大和・奈良の地が、貴族階級の人々の巡礼地となる。近世になっても、寺社名所旧跡の多い奈良は巡礼・参詣の地としてにぎわった。江戸時代、庶民たちが全国を旅する集団旅行形態――「講」が組まれ、その行き先の多くは伊勢や金毘羅など宗教の聖地であった。大和でも奈良、三輪、吉野、生駒などに庶民向きの旅籠屋が増加する。『南都名所集』（一六七五年）、『大和名所記』（一六八一年）、『奈良曝（さらし）』（一六八七年）などの奈良案内書も出版される。古く平安時代でも貴族は大和の寺社仏閣に参拝していたが、庶民たちが旅することができるようになったのは江戸時代からである。

そして、近代になると鉄道網の発達によって、奈良は観光地へと劇的に変化してゆく。

鉄道網の発達と近代ツーリズム

一八七二年、新橋～横浜間に日本で初めて鉄道が開通し、以後、全国に鉄道網が張り巡らされてゆく。一八九二年、大阪湊町～奈良間が開通し、一八九六年には京都～奈良の直通線が開通する。また、初瀬や吉野までは軽便鉄道で行けるようになった。こうして奈良は京都・大阪から一日で遊覧できる観光地となったのである。

鉄道は物資を輸送するだけではなく、各地の観光地に大きな影響を与えた。これまで徒歩や船、駕籠（かご）で行われていた旅が、鉄道を使って早く、大人数が移動できるようになったためだ。〈旅〉から〈観光〉への転換である。

奈良公園の発足

こうした鉄道網の整備と同時に、奈良公園一帯が観光地として整備される。明治初期、奈良の寺々は大きな危機に見舞われた。廃仏毀釈（はいぶつきしゃく）の動きである。明治新政府は維新と同時に「神仏分離令」を出す。それまでの日本の多くの寺院では、日本の八百万の神々は様々な仏が化身して日本の地に現れた（権化（ごんげ））という「本地垂迹」説に基づき、神仏習合の形態をとっていた。例えば、奈良の興福寺は藤原氏の氏寺である。また、隣接する春日大社は藤原氏の氏神である。もともとは別々であったのだが、神仏習合思想が進むとともに、興福寺と春日大社は一体化してゆく。

しかし、明治維新以後、日本は天皇を中心とした政治体制を整え、神道を国の基本とする。そうした流れの中で出された神仏分離令によって、各地の寺々は荒れ果てた。興福寺の僧侶の中にも寺を離れる者、あるいは春日大社の神主に職業替えをする者が現れる。また、築地塀、堂宇、庫蔵等も解体撤去され、五重塔も売却されるという噂も出る。そして、そこには荒れ果てた興福寺の広い土地だけが残ったのだ。

廃寺同様の興福寺であったが、一八八一年、寺号復活の許可が出され、興福寺は再建に向かう。一方、一八八〇年、太政官布達により奈良公園が開園する。一八八九年には東大寺や氷室神社等の寺社、春日野や浅茅ヶ原等の名勝地、若草山や春日山等の山林一帯が、「県立奈良公園」に指定される。

奈良が近代観光都市として変貌していった大きな要因としては、鉄道の発達によって観光客が増大し、特に大阪、京都から日帰り旅行が可能になったという交通網の発達があげられる。また、廃仏毀釈の荒波によって荒れ果てていた東大寺、興福寺一帯が、奈良公園として整備され、観光客を呼び込むスポットとなる。その背景には、日本全体で進行していた近代ツーリズムの発達があることは言うまでもない。

二　紀行文と奈良

大橋乙羽『千山萬水』

こうした近代ツーリズムの発達に文学者たちも一役買っている。旅行に果たす紀行文の役割だ。明治二十年代以降、紀行文は隆盛の時代を迎える。とりわけ大橋乙羽（おおはしおとわ）の紀行文『千山萬水』（せんざんばんすい）（博文館、一八九九年）は明治の紀行文のベストセラーである。大橋乙羽は小説家、紀行文家でのちに明治の大手出版社である博文館で出版業にも携わる。

小説家で紀行文作家であった田山花袋によると『千山萬水』は「旅行者の伴侶」として、旅行の「案内、手引と言ったやうな便利[1]」さを備えていたという。大橋乙羽だけはなく、田山花袋（たやまかたい）、遅塚麗水（ちづかれいすい）、小島烏水（こじまうすい）など優れた紀行文作家の紀行文は、現在でいう旅行のガイドブック的な意味を担っていた。また、鉄道省から発行される『鉄道旅行案内』など、簡易版の旅行案内書も数多く出版される。そうした紀行文、旅行案内には当然、奈良も登場する。観光地としての奈良は鉄道網の発達だけでなく、紀行文、旅行案内によっても全国に流布されてゆくのだ。

大橋乙羽『千山萬水』の「奈良の古都」という奈良への旅を描いた部分を見てみよう。このときの奈良の旅の目的は吉野の桜を見るためである。『金色夜叉』で有名な明治の文豪・尾崎紅葉が、上野の桜は飽きたので、奈良県吉野の初瀬まで旅行しようと提案し、紅葉とその弟子たちは東京新橋を出発する。名古屋、月ヶ瀬を経て、木津川を下って奈良に入る。奈良では御門町の魚屋という宿に宿泊、翌日は春日大社、東大寺、二月堂、興福寺を見学している。春日大社では「無数の鹿ども右に左に纏綿ひて馴れ睦しむ様の愛らしさ、一同興がりて糠煎餅に財布の底をはたき」とある。春日大社の参道で鹿につきまとわれるのは現代も変わらないが、この当時は「鹿煎餅」ではなく「糠煎餅」と呼んでいたらしい。

田山花袋と旅行

もう一人、奈良を愛した作家として田山花袋を紹介しよう。田山花袋は生涯に八回奈良を訪れている。[2]友人との旅行、地誌編纂の仕事、妻との旅行など目的は様々であるが、『花袋紀行集』（博文館、一九二二～二三年）、『京阪一日の行楽』（博文館、一九二三年）、『花袋行脚』（大日本雄弁会、一九二五年）など多くの紀行文集を出版している。

田山花袋は身長一七〇センチで、当時としては大柄の人物、旅行が好きで、一日で七十キロも歩いたこともあるという。花袋はしばしば紀行文の中で、旅行は歩いて現地を見よ、ということを勧めている。そして、「紀行を書く人は無論、其土地々々の産物、風俗、言語などには充分に注意して、これを活して遣はなければなりません」（田山花袋「紀行文について」『文章世界』一九〇七年六月）というように、観光地だけではなく、土地の風物に重きを置かないといけないという。

また、花袋の旅行への姿勢、特に奈良に対する姿勢の一つが、歴史の学びとしての旅行のすすめだ。

田山花袋は、「奈良に遊ぶ人達は、春日にお詣りして、大仏を見て、鹿の遊んでゐるのに興を催したりなどして、半日か一日で帰つて来るけれども、実はそれだけでは、あまりに通俗すぎてゐて、本当に奈良を見たとは言へない」（『京阪一日の行楽』）のであると、ありきたりの奈良観光に苦言を呈している。花袋の理想とする奈良観光は、以下のようなものである。

だから、遊覧者は、今の奈良ばかりでなしに、昔の奈良をも眼中に入れて置く必要がある。さうすれば、東大寺も唯の東大寺ではなく、大仏も唯珍しく大きなものといふだけでなしに、もつと種々な面白味をそこにつけて来るであらうと思ふ。（『京阪一日の行楽』）

つまり、観光化された「今の奈良」ではなく、「昔の奈良」を念頭に置けという。花袋にとって奈良は単なる観光地ではなく、歴史の学びの場である。花袋の紀行文において奈良という場所は、古代の歴史や文化につながる場である。

そして、もう一つの花袋の旅行のモットーはあまり人が行かないところにも足を運ぶというものだ。

一九〇六年、まだ小説家としては売れていなかった花袋は、博文館の『大日本地誌』という地理書の仕事で奈良を取材する。その際、花袋は当時、朱雀門も大極殿もない、荒れ野で、地元の

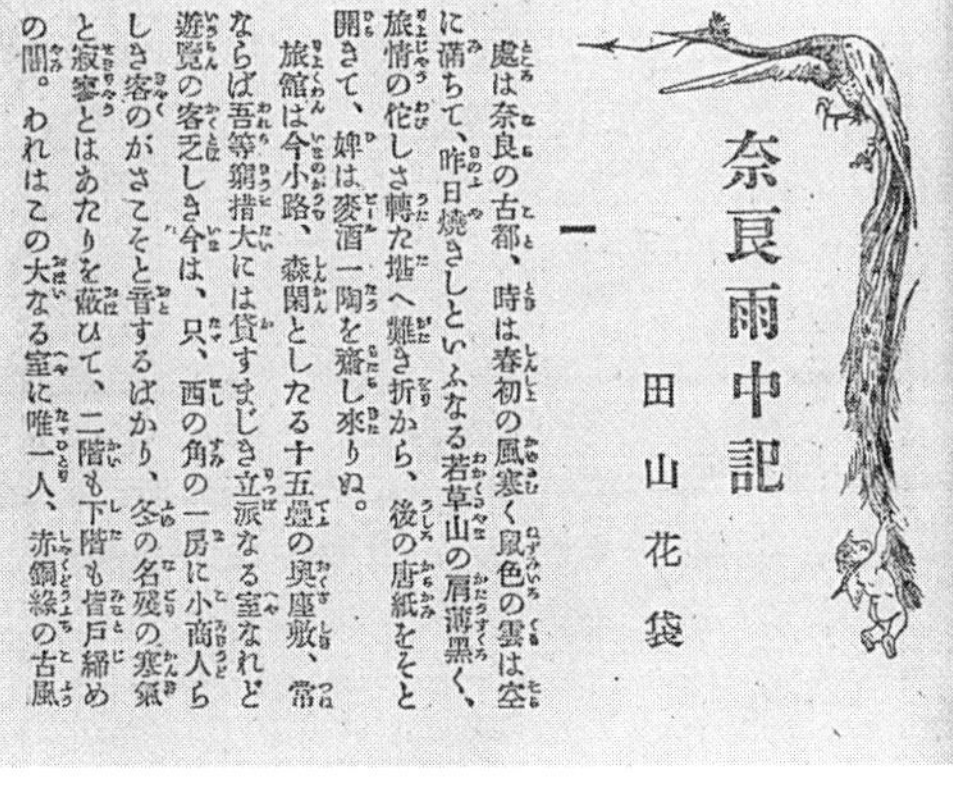

奈良雨中記

田山花袋

一

處は奈良の古都、時は春初の風寒く鼠色の雲は空に滿ちて、昨日燒きしといふなる若草山の肩薄黒く、旅情の侘しさ轉た堪へ難き折から、後の唐紙をそと開きて、婢は麥酒一陶を齎し來りぬ。

旅館は今小路、森閑としたる十五疊の奥座敷、常ならば吾等窮措大には貸すまじき立派なる室なれど遊覧の客乏しき今は、只、西の角の一房に小商人らしき客のがさてそと音するばかり、冬の名殘の寒氣と寂寥とはあたりを蔽ひて、二階も下階も皆戸締めの闇。われはこの大なる室に唯一人、赤銅絲の古風

図1 田山花袋「奈良雨中記」

人も知らなかった平城宮跡へ訪れる。次にそのときのことを記した紀行文「奈良雨中記」（『新古文林』一九〇五年九月）を見てみよう（図1）。

「奈良雨中記」

汽車で京都から奈良へ向かった田山花袋は、「対山楼」という旅館に泊まる。「奈良雨中記」では、「今小路」にある旅館としかないが、おそらく、東大寺の西側、今小路町にあった旅館とすれば、対山楼で間違いないだろう。対山楼は伊藤博文、大山巌、山形有朋、正岡子規、下田歌子、滝廉太郎、岡倉天心、フェノロサなど、政治家や文化人が数多く宿泊した宿として有名である(3)。

「奈良雨中記」では、対山楼について休憩をしてから、人力車を呼んでもらい、寺巡りへと出発する。このときばかりは博文館の仕事なので、歩かずに人力車を使っている。

雨が降る三条大路を下り、「平城都の遺趾」を過ぎ、唐招提寺へ向かう。寺の裏門から中に入ると、松林の梢を渡る風の音が聞こえてくる。「わが心はあやしうなりぬ」と、千二百余年の歴史のかなたへ心惹かれる。

踏むは千二百余年の迦具土（かぐづち）、残れるは千二百余年の殿堂。此の長き間には、幾許（いくばく）の人は生れ且（かつ）死し、幾許の事業は起り且亡び、幾許の驕奢（きょうしゃ）、幾許の荒廃、歴史は数百の大冊を重ねて猶（なお）その外形（アウトライン）を伝ふるに過ぎざることに、この静寂なる境内、この沈黙せる殿堂は、世にさる幾多（いくた）の事変、幾多の悲劇ありたりとは夢にも知らぬもの、如（ごと）くに、独りさびしく今日に残りて立つ。

それから、「跛足の僧」に、金堂を案内してもらう。ここでも、「時の力の加はりたるが為めか、仏の力のかくまでわれを動かしたることは未だ嘗てあらざりき」と感嘆する。このとき、花袋が目にした仏像、盧舎那仏坐像、薬師如来立像、千手観音菩薩立像は、現在、いずれも国宝である。

次に向かったのが薬師寺だ。薬師寺では金堂に入り、「光線の薄く透りたる暗色の中に、更に黒く澤かにかゞやきわたりたる千二百年来の古仏像」――薬師三尊の像を見上げる。時間は四時になり、西大寺、秋篠寺を見る時間がないので、平城宮跡へと向かう。

車夫を街道に待たせて、「往昔の平城都」を眺めていると雨が強くなったので、法華寺、海龍王寺をまわり、宿へ帰る。

棚田嘉十郎と田山花袋

現在、平城宮跡は朱雀門、大極殿が再建され、観光地として整備されているが、「奈良雨中記」の描かれた明治時代には地元の人も、ここに奈良の都があったとは知らないくらい荒れ果てていた。

その平城宮跡の保存活動に生涯をささげたのが棚田嘉十郎という人物だ。棚田は失明に近い状況になりながらも平城宮跡の保存顕彰のために奔走する。しかし、保存運動に協力するという男から詐欺行為にあい、一九二一年、自殺してしまうという名もなき悲運の活動家だった[4]。

「奈良雨中記」の最後は、雨の中、唐招提寺、薬師寺、平城宮跡をめぐったその夜、宿泊先の対山楼に「年齢六十余、顔丸く、体肥えて、質朴なる田舎漢」が訪れる。この人物が棚田嘉十郎である。棚田は花袋に次のように訴える。

僕(やつがれ)は是(こ)れ此地(このち)の農にして、もと植木を業とせるもの、目に一丁字を解せずと雖(いへど)も、頃日、大極殿址の全く荒廃に委(ゐ)せるを慨(なげ)き、数年の後を期して、以って清洒(せいしや)なる記念物を建てんと発起せる者、請(こ)ふ、君、これを賛せよ、と。

自分はこの地で植木業をしており、無学であるが、平城宮跡が荒廃しているのを嘆いている。記念碑を立てる請願を発起しようとしているので、賛同を得たい――という内容を花袋に訴える。花袋が棚田に会ったのは二月。その一か月前の一九〇六年一月、棚田は上京して議会に「平城神宮創建国庫補助請願書」を提出している。棚田がなぜ花袋が平城宮跡までやってきたことを知ったのかはわからない。しかし、東京からやってきた見ず知らずの文学者に訴えるほど棚田は真剣であったのだ。一時間ほど花袋と話して、雨風が強くなった中を棚田は帰っていったという。

三　森鷗外と奈良

鷗外と正倉院

森鷗外は、一九一八年から一九二二年の間、五回、奈良を訪問している。「舞姫」『青年』『雁』などの小説で有名な森鷗外だが、本業は軍医で、小説家と軍医の二足の草鞋を履いていた。陸軍軍医総監、医務局長の職を退いた一年八か月後の一九一七年一二月、帝室博物館総長兼図書頭(ずしょのかみ)に任ぜられる。帝室博物館総長とは、当時、東京と京都と奈良にあった帝室博物館のトップである。その帝室博物館総長の仕事の一つが正倉院の開閉、曝涼（ばくりょう）を監督するために奈良に出張することだった。曝涼とは晩秋の天気の良い日に倉庫など納められていた衣類や書物・諸道具などに風を通す、虫干しのことである。正倉院には勅封（ちょくふう）（天皇の勅命により封を加えること）の鍵がかけられており、その鍵の開閉に立ち合うのが鷗外の仕事だった。

『奈良五十首』

鷗外は奈良に滞在する間、歌を詠み、それを『奈良五十首』（『明星』一九二二年一月）にまとめている。そのいくつかを紹介してみよう。

猿の来（こ）し官舎の裏の大杉は折れて迹（あと）なし常なき世なり

森鷗外の官舎は、奈良国立博物館の隣にあった。官舎は現存しないが門のみ再建されその傍に碑が建てられている（図2）。その碑に刻まれた歌である。「猿の来し官舎」——奈良公園は鹿が有名だが、かつては約五百匹の猿がいて「春日猿」として有名だったそうだ[5]。その猿が官舎にも来ていたのだろう。そして、その官舎の裏に大杉があったが、ある年来てみるとその大杉が倒れてしまっていた。幾十年も枝葉を伸ばしていた大杉が、たった一回の台風で倒れてしまったことに、世の無常を感じたのであろう。

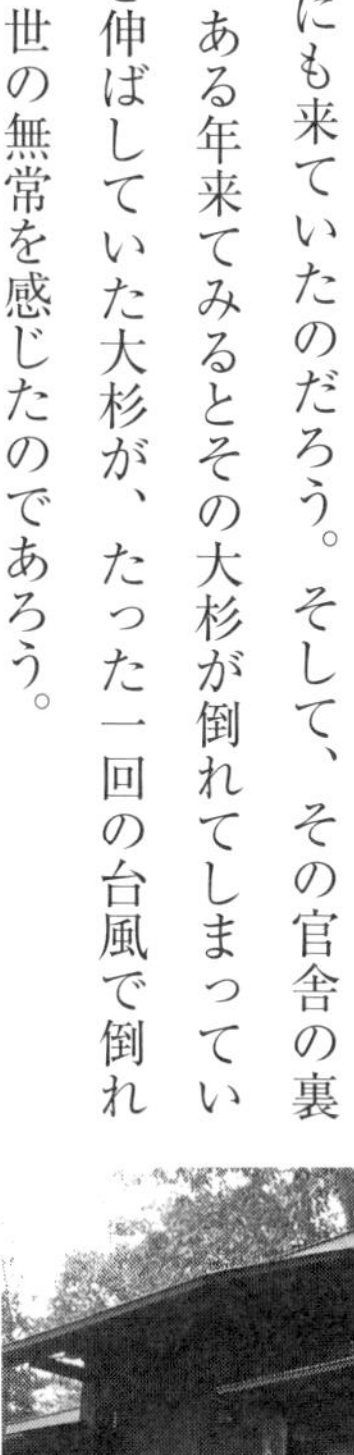

図2　鷗外の門

一方、無常な世の中に対して、いつまでもその姿を残しているのが正倉院である。『奈良五十首』には正倉院を詠んだ歌が十五首と最も多い。

夢の国燃ゆべきものの燃えぬ国木の校倉（あぜくら）のとはに立つ国

「木の校倉」とは正倉院のこと。七五六年、光明皇后が聖武天皇ゆかりの品を収めたのが正倉院である。鷗外の時代は、すでに千年以上が経過しているが、その間、正倉院から直線距離で約四百メートルのところにある東大寺は幾度も火事にあい、そのうち二回は大仏を溶かすほどの大火事であった。それなのに正倉院は焼けなかった。本来「木の校倉」は「燃ゆべきもの」であるが、燃えずに当時の姿をそのままの残す正倉院に対する驚嘆と、「夢の国」――永遠の都としての奈良への愛情が読まれている。ほかにも、正倉院の扉を開ける朝の光景を詠んだ歌（「勅封の笋（たかんな）の皮切りほどく剪刀（かみそり）の音の寒きあかつき」）や、雨の日は仕事がないので奈良の寺々を回った経験を詠んだ歌（「晴るる日はみ倉守るわれ傘さして巡りてぞ見る雨の寺寺」）などがある。

森鷗外にとって奈良とは正倉院に代表される不変不易の都である。それを「夢の国」と詠む鷗外の脳裏には、激しく変わる日本の近代化への批判があったのかもしれない。

医学を学びにドイツに留学し、そこでドイツ人の女性エリスと恋に落ち、それをもとに小説「舞姫」（『国民之友』一八九〇年一月）を執筆したことは有名である。「舞姫」の主人公太田豊太郎は法学を学びにドイツに留学する設定となっているが、鷗外にしろ、豊太郎にしろ、彼らは日本の近代化のための知識を得るために留学した。そのおかげで日本は近代化を果たしたが、一方、失ったものも多かった。鷗外は「普請中」（『三田文学』一九一〇年六月）という作品で、騒々しい音をたてながら改築工事をするホテルの食堂で、登場人物に「日本はまだ普請中だ」と言わせている。鷗外にとって正倉院をはじめとする奈良が「夢の国」と映ったのは、慌ただしく変転してゆく「普請中」の日本の近代化の中で失われてゆくものを奈良に見たのだろう。

英国皇太子の来寧

さて、森鷗外は正倉院の曝涼に立ち会うため、晩秋の奈良を訪れたと記したが、一九二二年だけは五月に奈良を訪れている。これは、英国皇太子が来日して正倉院訪問に同行するためであった。英国皇太子エドワード八世は、のちにアメリカ人の夫人と恋に落ち、王位を捨てた「世紀の恋」で有名なウィンザー公爵（退位してからの名前）である。

鷗外の日記によれば、鷗外は四月三〇日、夜行列車で東京を出発し、翌日五月一日、午前十時、奈良の官舎に到着した。二日に正倉院を開け、五日に英国皇太子が正倉院の見学に来たとある。また、妻森しげに宛てた手紙では、「英国皇太子は今日五日正午に正倉院に来て二十分ではつてかへつた。このために此方は十日も費すのである」（一九二二年五月五日、森しげ宛書簡）といささか不満げである。同じ手紙には「アンヌにとらせたい／正倉院の中のゲンゲ」と子ども宛ての手紙も入れており、

図3　若草山に「WELCOME」の文字（奈良大学図書館所蔵・北村信昭コレクションより）

鷗外の子煩悩さが見て取れる。

また、英国皇太子は正倉院を見学する前日には奈良ホテルに滞在した。その際、皇太子来寧を歓迎して、三笠山（若草山）に「WELCOME」の提灯文字が描かれたという（図3）[6]。昼間は紙の旗で、夜は提灯の一文字で「WELCOME」を描いた。この提灯文字には奈良の小・中学校の生徒三八〇〇人が動員されたという。皇太子は奈良ホテルの二階の貴賓室から見学したという[7]。

森鷗外の官舎からも三笠山が見える。鷗外もこの「WELCOME」の提灯文字を見たのであろうか。

四　志賀直哉と奈良

高畑の家

志賀直哉は、「濁った頭」「和解」『暗夜行路』などの代表作で知られる白樺派の作家である。特に自分の父親との確執を描いた『暗夜行路』は奈良の高畑の家で完成された。

志賀直哉は一九二五年四月に来寧してから、まず、奈良市幸町に住む。そして、一九二九年に奈良市上高畑へ転居し、一九三八年に東京へ帰るまで、十三年の長きにわたって奈良に住んでいる。高畑の家は、志賀直哉が設計にまで関わって建築された。数寄屋造りの和風建築だが、洋風のサロンも併設されそこに様々な人々が集まった。現在は「志賀直哉旧居」として公開されている。

志賀直哉の奈良での文筆活動はあまり旺盛とはいえない。『暗夜行路』を書きあげたことと、いくつかの随筆をしたためただけである。連載が始まって十七年目にようやく『暗夜行路』を書きあげたことで、肩の荷が下りたのかもしれない。『暗夜行路』のあとがきには、「どうしても手がつけられずにゐた未完の小説を遂に完成したといふ事で私の気持は非常に楽になつた。長年何となく気にかゝつてゐたものから自由になつた事が嬉しかった」とある。

奈良での志賀の大きな仕事は美術品の写真集『座右宝（ざうほう）』の刊行だ。志賀直哉編『座右宝』は一般の美術品の写真集とは異なっている。まず、「建築及庭園」「絵画」「彫刻」と三つのジャンルに分かれているが、すべて志賀の好みで選んだ建築物、庭園、美術品である。また、撮影の仕方も自ら指揮して作成した。かねてから「東洋の古美術」に「安息の場所」を求めていた志賀は、「好きなものだけの写真帖が作れたら気持のいい事だ」（『座右宝』序）と思い、二年間以上かけて完成に至った。しかも、ほとんど自費出版だったという。

また、あまり知られていない奈良での志賀直哉のエピソードがある。志賀直哉が住んでいた高畑の町は画家や文人たちが多く住んでいた。その中の一人、洋画家の九里四郎（くのりしろう）親子を中心に結成された野球チーム「ABC倶楽部」というのがあった。志賀直哉は応援団長格だったそうだ。写真は一九二九年、三〇年頃のもので、場所は春日野グラウンドだ。この写真を紹介している北村信昭『奈良いまは昔』によれば、後ろの列で鳥打帽にインバネス姿なのが志賀直哉である（図4）。

図4　野球チーム「ABC倶楽部」（奈良大学図書館所蔵・北村信昭コレクションより）

随筆「奈良」

このように奈良での生活を楽しんでいた志賀直哉だったが、奈良に対してはいくつかの不満があった。志賀直哉が奈良を去る直前に書いた随筆「奈良」（『観光の大和』一九三八年一月）には、「食ひものはうまい物のない所だ」とか、「奈良の欠点は税金の高い事だ」とか文句を言っている。

しかし、随筆の最後は、十三年間居住した奈良に対する愛着で締めくくられている。

> 兎に角、奈良は美しい所だ。自然が美しく、残つてゐる建物も美しい。そして二つが互に溶けあつてゐる点は他に比を見ないと云つて差支へない。今の奈良は昔の都の一部分に過ぎないが、名画の残欠が美しいやうに美しい。
>
> 御蓋山（みかさやま）の紅葉は霜の降りやうで毎年同じには行かないが、よく紅葉した年は非常に美しい。五月の藤。それから夏の雨後春日山の樹々の間から湧く雲。これらはいつ迄も、奈良を憶ふ種となるだらう。

この随筆が発表された一九三八年の前年には、盧溝橋事件が起こり日中戦争に突入した時代である。随筆の発表の二か月後の三月には国家総動員法が制定され戦時体制に突入する。随筆「奈良」が発表された雑誌『観光の大和』も、「観光」という名前はついているが国策色の強い雑誌である。『観光の大和』の発行母体は、一九三六年七月に奈良県総務部観光課内に設置された奈良県観光連合会である。奈良県観光連合会の機関紙である『観光の大和』の目的は、一九四〇年の紀元二六〇〇年を見すえ、「建国大和ノ史蹟ヲ宣揚シ、以テ国民精神作興ニ資シ、併テ県下観光地ノ宣伝及観光施設ノ連絡統制ヲ計ル」ことであった。軍国主義化の当時の雰囲気を反映し、天皇家の聖地である奈良を宣揚の場として利用する目論見である。そんな国策的な目的をもった雑誌の中において志賀直哉の「奈良」は異質だ(8)。

戦争へと傾斜する時代背景を念頭に、今一度、志賀の随筆「奈良」を読んでみると、「奈良は美しい所だ。自然が美しく、残つてゐる建物も美しい」という志賀の言葉は、戦争と距離を取ろうとしている志賀の意識が読み取れるかもしれない。

戦後、一九五〇年、志賀直哉は奈良を描いた文章を集めた随筆集『奈良』を三笠書房から限定五百部で出版する。戦争協力をした、または、させられた作家が多い中、志賀直哉は戦争に一定の距離をおいた作家だといわれる。戦前に奈良に住み、戦後、『奈良』を限定出版した志賀にとって、奈良は穏やかで平和な場所の象徴として映っていたのかもしれない。

五　武者小路実篤と奈良

武者小路実篤と「新しき村」

武者小路実篤(むしゃのこうじさねあつ)は、一九二五年十二月から翌年十二月までの一年間、奈良市水門町に暮らした。武者小路実篤は来寧する前、宮崎県日向の「新しき村」で理想的生活を追い求めていた。

「新しき村」とは、一九一八年一一月、宮崎県児湯(こゆ)郡木城(きじょう)村（現・木城町）に武者小路実篤らの呼びかけによって創設された理想主義的な集団である。大正期の人道主義・理想主義思想を背景に、内心の欲求に忠実にしがたい、自己を生かす生活を試みる生活集団で全国から多くの賛同者が集まった。

一九二五年、武者小路の兄公共（きんとも）がルーマニア公使として赴任したため、病気の母親の近くにいるために武者小路は宮崎をあとにして、親友・志賀直哉のいる奈良に移り住んだ（図5）。当時、奈良には宮崎の「新しき村」に参加していた渡辺三郎という人物が、宮崎から奈良に移り住んでいた。そして彼を中心に奈良で「新しき村」の奈良支部を作る活動が積極的に行われた。

図5　東大寺南大門仁王像前の志賀直哉（左）と武者小路実篤（右）（奈良大学図書館所蔵・北村信昭コレクションより）

「新しき村」奈良支部の活動

奈良大学図書館蔵の北村信昭コレクションにある武者小路関係の資料(9)から、「新しき村」奈良支部がどのように設立され、どのような活動を行ったのか、その経緯を追ってみよう。

武者小路が奈良に移り住んだ翌年の二月二十七日午後、「図書館主堀内竹蔵氏」の発起で、奈良県男子師範学校講堂（現在の奈良教育大学）で武者小路の講演会が開催される。演題は「人生と文芸」で多数の聴衆がつめかけたという（『大和日報』一九二六年三月一日）。

そしてこの講演会を報じた新聞記事の翌日には奈良に「新しき村」の支部ができることが報道される（『大阪毎日新聞』「奈良版」一九二六年三月二日、『大和日報』同日、『大阪朝日新聞』「大和版」同日）（図6）。これらの記事によると、宮崎の新しき村にいた渡辺三郎を中心に、奈良にも「新しき村」奈良支部が設立されるという。

「新しき村」奈良支部の第一回例会は、三月七日午後二時から猿沢池畔にあった北村写真館の二階で開催され、武者小路のほかにも、洋画家の浜田葆光（はまだしげみつ）、詩人の松村又一（まつむらまたいち）など二十五名が参加したという。まず、武者小路から「新しき村」の生活や奈良支部に対する希望が述べられ、次いで支部の事業活動が決議された。支部の事業活動の概要は、（一）毎月第一日曜日の例会以外に、新しき村同様釈迦降誕祭（四月八日）、トルストイとゲーテの誕生日（八月二十八日）、新しき村設立記念日（十一月十四日）、耶蘇降誕祭（十二月二十五日）に会合を開くこと、（二）毎週木曜日の夜、各自が村の発展について考え、また時間に余裕ある者は支部事務所の懇談会に集まること、（三）毎月第一日曜日の夜、演説会を開催すること、（四）そのほか、美術展覧会、朗読会、音楽会を開催することなどである。

この事業活動の決議に従って、様々な会合が催された。例えば、一九二六年七月四日午後二時から開催された定例演説会では、武者小路の演説のほかにも、武者小路が書いた戯曲『愛慾』の朗読が渡辺三郎、宮尾賢次郎によって行われた（『大和日報』一九二六年七月一日）。十一月七日には、宮崎の「新しき村」

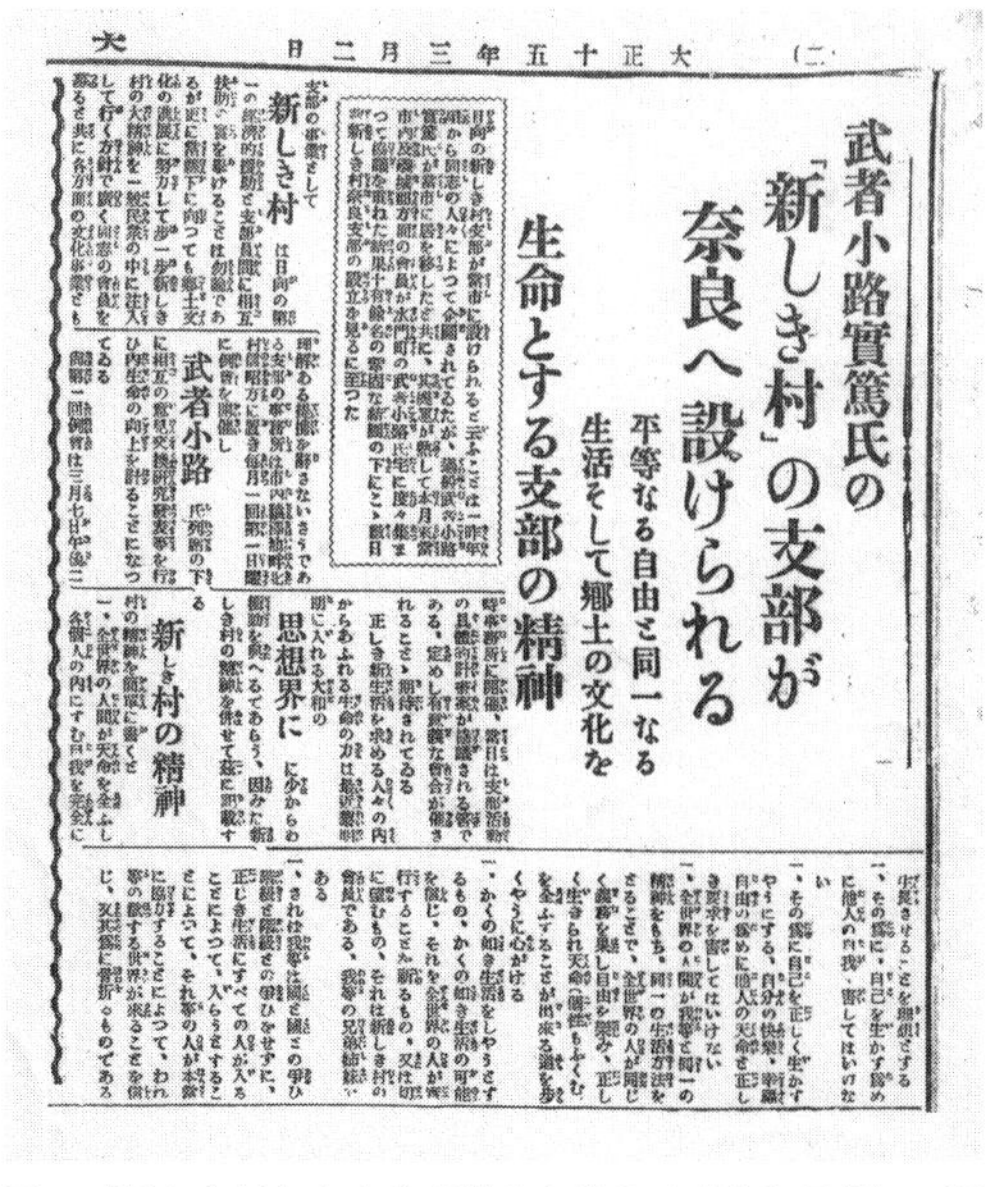
大正十五年三月二日

武者小路實篤氏の「新しき村」の支部が奈良へ設けられる

平等なる自由と同一なる生活そして郷土の文化を生命とする支部の精神

新しき村

武者小路

思想界に

新しき村の精神

図6 「新しき村」奈良支部設立を報じる『大和日報』の記事（奈良大学図書館所蔵・北村信昭コレクションより）

創設八周年の記念演説会が行われ、その際にはイプセン作・島村民蔵訳「皇帝とガラリヤ人」の一幕が朗読された。このように武者小路実篤を中心に奈良の青年たちが集まり、文芸、人生、生活について語り合う機会が奈良で持たれたのだ。

また、珍しいエピソードとしては、武者小路実篤が自作自演して、「達磨」という芝居を奈良の商店街、餅飯殿町(もちいどの)の会所の仮設舞台で行ったという出来事だ(図7)。一九二三年十一月に作られた一幕劇で登場人物は四人。写真中央で立っているのが武者小路実篤で、左側に座っている僧侶が渡辺三郎、右の黒髪の青年が東坊城恭永(ひがしぼうじょうやすなが)、女優の入江たか子の兄である。

図7　自作の戯曲「達磨」を演じる武者小路実篤(奈良大学図書館所蔵・北村信昭コレクションより)

武者小路実篤、奈良を去る

こうして奈良の青年たちと交流を深めた武者小路実篤も、一九二六年十二月八日、奈良を去る。五日午後二時からは武者小路実篤の送別演説会が開催され、会員の西久保奈良石(にしくぼならいし)が、武者小路の来寧から支部の設立、その後の活動を紹介、武者小路が奈良を去る淋しさを述べた。武者小路も登壇して「奈良を去るに際しての感想」を述べたと『大和日報』は伝えている(一九二六年十二月五日)。また一九二六年十一月二十九日、十二月六日付けの『大和日報』では、「新しき村号」という特集が組まれ、武者小路との別れを惜しむ地元の文学青年たちの文章や詩が掲載される。

武者小路が奈良を去った後も、「新しき村」奈良支部の活動は継続され、支部会員によって「関西劇研究会」という会も結成されたという。

近代以降、どうしても文化の中心地は東京である。武者小路という有名作家が奈良に移住することによって、地方都市である奈良に文芸熱が伝わったのは興味深い。また、地方青年たちの文芸への欲求・情熱によって、有名作家の活動が支えられていたことを垣間見ることのできるエピソードだといえる。

おわりに

田山花袋、森鷗外、志賀直哉、武者小路実篤、四人の文学者と奈良の関わりを見てきたが、彼ら以外にも奈良にゆかりの文学者たちは多数存在する。近代以降、奈良を訪れた文学者たちは数え切れない。ここではすべてを紹介することはできない。奈良にゆかりのある文学者については、『奈良近代文学事典』（和泉書院、一九八九年）にまとめられているので、そちらを参照してほしい。

文学者たちが奈良を訪れる目的は、仕事や旅行、そして居住と様々である。文学者たちが書き残した文章からは、彼ら彼女らの奈良のイメージを今でも読むことができる。しかし、「新しき村」奈良支部の活動からもわかるように、そうした文学者たちを歓迎し、受け入れた無名の奈良の人々の姿も忘れてはならないだろう。今後も地域資料を掘り起こすことで、文学者たちの奈良での新たな足跡が発見されるかもしれない。

《註》

（1）田山花袋「現代の紀行文」『花袋文話』博文館、一九一二年。

（2）田山花袋の奈良への旅と紀行文については拙稿「紀行文作家・田山花袋―明治期、奈良への旅を中心に―」（『奈良大学紀要』三九号、二〇一一年三月）、「紀行文作家・田山花袋（2）―明治四三年、伊勢・奈良・京都の旅―」（『奈良大学紀要』四一号、二〇一三年三月）を参照してもらいたい。

（3）三島康雄『奈良の老舗物語　伝統と革新のはざまで』奈良新聞社、一九九九年。

（4）棚田嘉十郎については、安達正興『奈良きたまち　異才たちの肖像』（奈良新聞社、二〇一九年）を参照してほしい。

（5）『大和百年の歩み　文化編』大和タイムス社、一九七一年。

（6）図3、4、5、7は北村信昭『奈良はいま昔』（奈良新聞社、一九八三年）に掲載された。現在、原板は北村氏の寄贈を受けて奈良大学が所蔵している。

（7）北村信昭『奈良いまは昔』奈良新聞社、一九八三年。

（8）『観光の大和』については、磯部敦「言説としての「奈良」」（『〈異〉なる関西』田畑書店、二〇一八年）を参考にした。

（9）奈良大学図書館蔵の北村信昭コレクションにある武者小路関係の資料については、北村信昭氏が切り抜いて所蔵していた「新しき村」奈良支部関係の新聞資料が中心である。この資料に関しては、浅田隆「奈良大学図書館「北村信昭文庫」Ⅳ「新しき村」奈良支部関係資料」（奈良大学総合研究所『総合研究所所報』一六号、二〇〇八年）として報告されている。本章で紹介した新聞記事はこの報告資料によるものである。

コラム 2

近代奈良の映画と文学

木田隆文

映画不毛の地・奈良

奈良市は映画に冷淡な土地である。県庁所在地でありながら常設映画館はなく、奈良市出身で国際的に評価の高い河瀬直美監督によって始められた「なら国際映画祭」も、相次ぐ補助金のカットにより、毎回その実施には困難が付きまとう。しかしかつての奈良は、意外なことに日本有数の映画の都でもあった。実際、昭和初頭の奈良の古い地図を開いてみると、その痕跡が随所に残されていることを見出すこともできるのである（図1）。

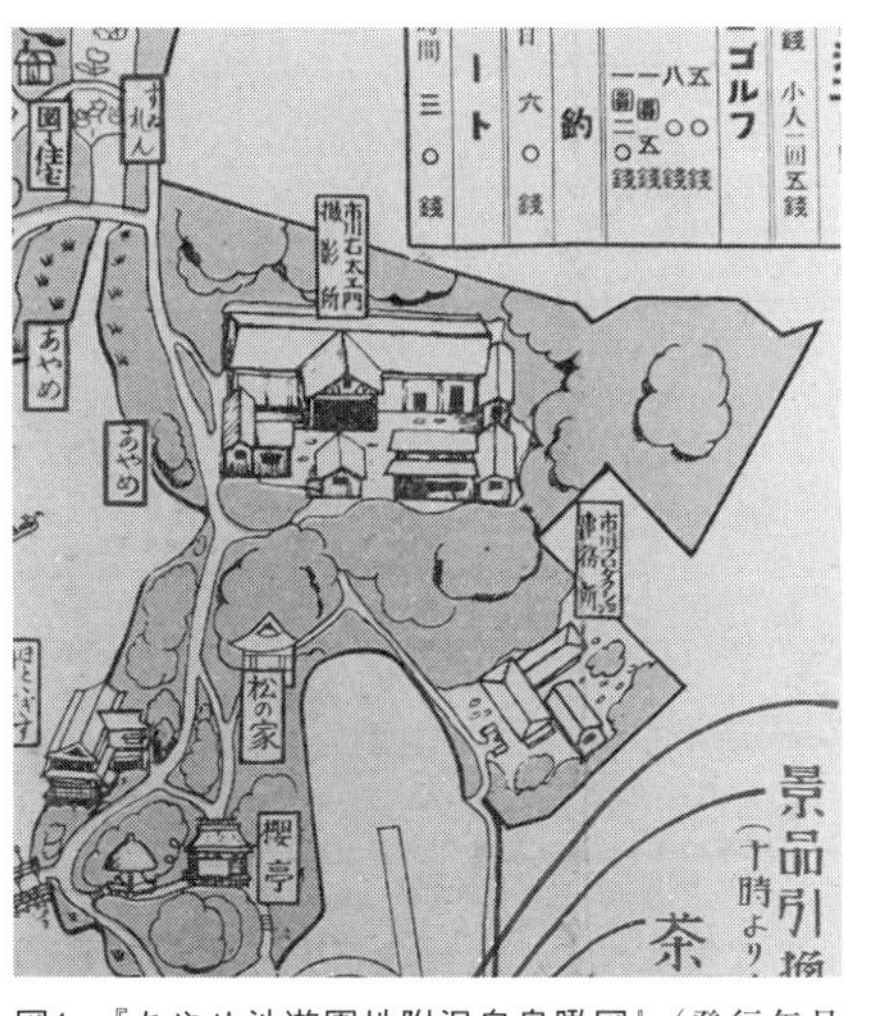

図1 『あやめ池遊園地附温泉鳥瞰図』（発行年月未詳、大軌鉄道）市川右太衛門プロダクションの撮影所と事務所が、あやめ池北東にあったことがわかる。

右太プロとあやめ池撮影所

ところでこの地図にある「市川右太ヱ門撮影所」とは、俳優・市川右太衛門の創設した映画製作会社（市川右太衛門プロダクション）が所有した、通称「あやめ池撮影所」のことである。

右太衛門は一九二五年に歌舞伎俳優から映画俳優に転身、「旗本退屈男」の早乙女主水之介役で人気を博し、戦前戦後を通じて三百本以上の映画に主演した名俳優である。彼は俳優人気が絶頂にあった一九二七年に所属映画会社・マキノプロダクションを退社し、後に政財界の黒幕として暗躍する笹川良一の後援を得、同年のうちに自身の映画会社と撮影所を現在の奈良市あやめ池にあった行楽地・あやめ池遊園内に開設した。

あやめ池撮影所は、当初、右太衛門主演の時代劇を中心とする多くの映画を生み出していた。しかし時代が無声映画からトーキー映画へと移り変わるにつれ、撮影コストのかかるトーキーを単独で制作するのが困難となり、一九三六年に右太プロが松竹へ吸収されたのを機に撮影所もいったん閉鎖された。だがすぐに、右太衛門の実兄・山口天龍が創設した全勝キネマが撮影所を再開し、一九四〇年に同社が興亜映画に吸収されるまでの約十五年間で約一七〇本余りの映画がここで制作された。

昭和初頭の奈良の映画環境

そのあやめ池撮影所で行われた撮影の様子は、当時奈良で発刊されていた新聞『大和日報』でもたびたび紹介されている。撮影所が軌道に乗った一九二七年夏頃の紙面には、例えば「巨浪狂涛の大トリック撮影　今夜あやめ池で撮す」（七月二十四日）、「生駒納涼所で物凄い大乱闘　市プロ男女優八十名が「勿笑金平（わらうなきんぺい）」の夜間撮影」（七月三十一日）といったロケ情報が立て続けに掲載されている。また「右太スターのぶどう狩り　ゆうべ小竹葡萄園で女優連のダンスと挨拶」（八月二三日）では、右太プロの俳優が近隣の人々と親しく触れ合える機会が作られていたことも報じられてもいる。こうした雰囲気からは、あやめ池撮影所が単なるスタジオというより、映画に直接触れる機会を提供する映画テーマパークのような役割を持っていたともいえよう。

ちなみに大正末から昭和初頭の奈良には、あやめ池撮影所以外にも数多くの映画制作会社や撮影所が存在していた。一九二五年には作家・直木三十五（なおきさんじゅうご）が設立した聯合映画芸術家協会が東大寺戒壇院の付近に撮影所を開設、ハリウッドで映画を学んだ中川紫郎（なかがわしろう）も、奈良市内に中川映画製作所と称する貸スタジオを建設した。ほかにもごく短期間で消滅したものの、美少年俳優・市川市丸（いちかわいちまる）と映画監督・志波西果（しばせいか）の設立になる日本映画プロダクション、俳優谷崎十郎（たにざきじゅうろう）の設立した谷崎十郎プロダクションといった映画会社が続々と生まれていた。

映画の都・奈良

　そうした多くの映画会社が拠点を置いた奈良は、当然ながら市内随所でも映画撮影が行われていた。先の『大和日報』にも「奈良の新名物　ロケーション取締り規則が近く出来る」（一九二七年七月二十三日）と題する記事で、奈良公園での映画ロケ本数が日本一であり、もはや新たな奈良名物となりつつあることが記されている。また近代奈良の文化風景を語り伝える貴重な証言集である、北村信昭（きたむらのぶあき）『奈良いまは昔』（奈良新聞社　一九八三年十一月）には、岡田嘉子（おかだよしこ）や尾上松之助（おのえまつのすけ）らの名俳優が登場するロケ風景や、この時期奈良に住んでいた作家・志賀直哉（しがなおや）がロケを頻繁に見に来ていた様子が綴られている。

　昭和初頭の奈良は、まさに映画の都であった。市内各所で映画の撮影が行われ、それを市民たちが日常風景として楽しむ――そんな環境で暮らす奈良の住民にとって、映画はスクリーンの中で楽しむものだけではなく、制作過程や現場の息吹をも含めて直接的に体感するものだったといえるのである。

青年文学者たちへの影響

　そしてこの奈良に満ちた映画熱は、市民だけではなく先の北村信昭を代表とする奈良の青年文学者たちの感性にも大きな影響をもたらすことになった。北村は実家の写真館の仕事の傍ら詩作を行っていた文学者で、奈良県下の複数の新聞社に断続的に勤務、その縁で奈良在住当時の志賀直哉と縁を結び、志賀周辺の文学者や奈良県下の郷土文学者たちとの広い交流を持った人物である。特に一九二五年から二七年にかけて『大和日報』編集部に勤務した際には、同紙の文芸欄の編集を行い、奈良周辺に住む若手文学者たちに作品発表の場を提供していた。

　北村の主宰した文芸欄は、例えば紙面のカットが示すように、地方新聞のそれにしては意外なまでにモダンな雰囲気に満ちており（図２）、昭和初頭の文壇で流行したモダニズム文学の影響下にあったことがうかがえる。そしてここに集うモダニストたちの琴線に触れた題材こそが映画だったのである。北村自身、毎回市内にあった映画館・尾花座で上映された映画を批評しており、安田義次は映画シナリオをいくつも連載し、

大和日報

昭和二年一月十日

図2　『大和日報』文芸欄（昭和２年１月10日）北村信昭の映画評および橋本健吉の詩「情緒派」も掲載。巻頭のカットも橋本による。

「牛乳（パテー・ベビイ素人製作者の為に）」のような、当時普及し始めたアマチュア向け映画カメラ（パテーベビー）で撮影することを意識した脚本も発表している。

同人たちにとって、映画は見て楽しむものという以上に、自身の表現意識を拡張させるものだったのである。そしてそれを、同時期に映画と文学の表現を接続しようとした新感覚派の言語実験に引き寄せて考えてみるならば、彼らがこの地に満ちた映画熱を触媒とすることで、同時代の尖端的なモダニズム文学運動を奈良で実現しようとした試みだったともいえよう。

モダニズム文学の水源

だが、この奈良のモダニズム文学は、舞台となった『大和日報』文芸欄が北村の退職で消滅したせいもあり、決して長くは続かなかった。しかし先の文芸欄を読み直してみると、そこにはやがて日本のモダニズム文学を牽引する北園克衛（きたぞのかつえ）が、橋本健吉（はしもとけんきち）名義で参加していたことにも気がつく。

奈良の地方青年文学者が映画の影響を受けつつ模索した奈良モダニズム。それがもしどこかで後の北園克衛に影響を与えたとするのであれば、昭和初頭の奈良の映画環境は、日本のモダニズム文学運動を育む一つの水源となっていたのかもしれないのである。

資料編

奈良大学図書館の貴重古典籍

松本　大

　奈良大学図書館は、総床面積五四四四平方メートル、地上三階、地下二階の施設に、約五十五万冊の蔵書を持つ。人文学関係の専門的な学術書・学術雑誌を中心として数多くの書籍・資料を有しており、中でも文化財に関する専門書・報告書については、日本屈指の規模を誇る。近年では、二〇一九年度版『大学ランキング』（朝日新聞出版）の大学図書館ランキング（総合部門）において、一位を獲得した。

　蔵書の多くは、一般の図書館利用者に向けての開架図書として配架されているが、これらとは別に、普段は閉架書庫で静かに眠っている貴重書もある。著名なものでは、世界最古の印刷物とされる『百万塔陀羅尼』、アダム・スミス『国富論』（初版本）、ダーウィン『種の起源』（初版本）などが挙げられる。学術研究の観点からも、美術品的な視点からも、閉架書庫に蔵されている資料の価値は高いものと言える。

　本稿では、そういった本図書館の閉架図書の中から、日本古典文学に関わる貴重書（古典籍資料）の一部を紹介していく。

　なお、本図書館は、地域の方々をはじめ、一般の方にも広く公開している。利用の詳細については、奈良大学図書館ＨＰ（https://library.nara-u.ac.jp）を参照されたい。

『新古今和歌集』（伝後陽成院筆）

三冊・江戸初期写・縦二三・四㎝×横一六・九㎝
請求番号：911.1358 /Mi38/1 ～3

『新古今和歌集』は、鎌倉時代初期に後鳥羽院の命によって編纂された、勅撰和歌集である。いわゆる八代集の最後を飾るものであり、和歌史において、非常に重要な存在と位置付けられている。

本書の特に注目すべき点は、その装訂の豪華さである。表紙は梅花文緞子、見返しは金霞引絹布、料紙は鳥の子料紙に金泥の下絵が施されており、美術品としての価値も高い。近世初期の非常に貴重な資料と位置付けられる。また、函書には「後陽成天皇御宸翰」とある。陽成院の真筆とは一概に認めがたいものの、書風や料紙の豪華さ等を鑑みると、そのように判断された点も頷ける。禁中に伝わった可能性も考慮すべきであろうか。

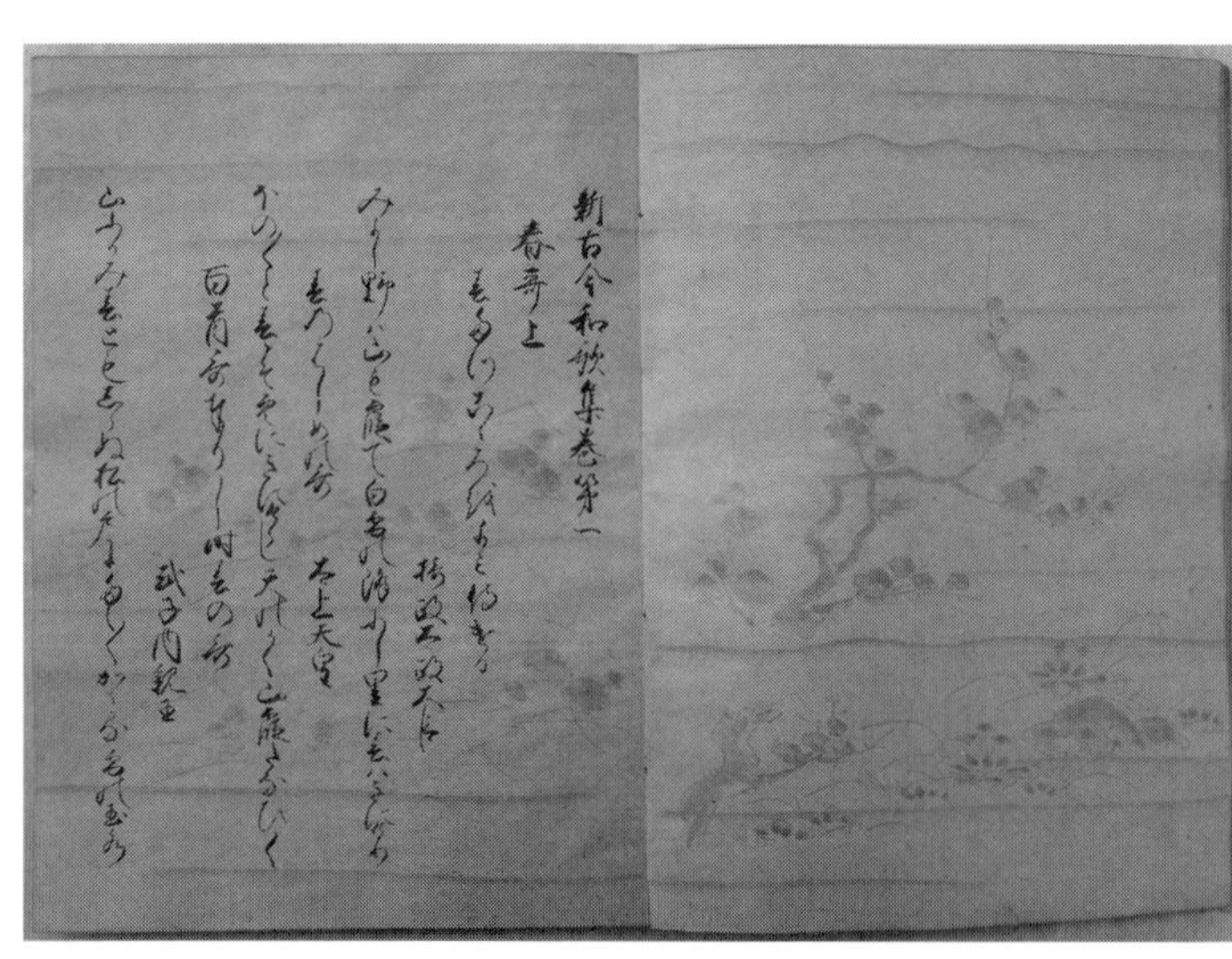

『新古今和歌集』

『伊勢物語和歌註』

一冊・室町後期写・縦二七・〇㎝×横二〇・二㎝

本書は、『伊勢物語山口記』として知られる『伊勢物語』の注釈書である。作者は連歌師の宗祇であり、成立は奥書から延徳初（一四八九）年頃とされる。

本書の書写年代は、正確には不明と言わざるをえないものの、天文よりもさほど下らない時期の書写と認められる。墨跡等を鑑みるに、室町後期の書写として問題なかろう。

内容は、『伊勢物語』の和歌を一首ごとに解説したものであり、基礎的な語彙の意味や、物語の場面説明を加えるなど、初心者を対象とした注釈書であったことがうかがえる。『伊勢物語』の注釈史において、宗祇が後世に与えた影響は大きいものの、宗祇自身が書き記した注釈書はほとんどなく、多くは弟子や講釈を聴聞した人物たちによる聞書として残るのみである。このような状況

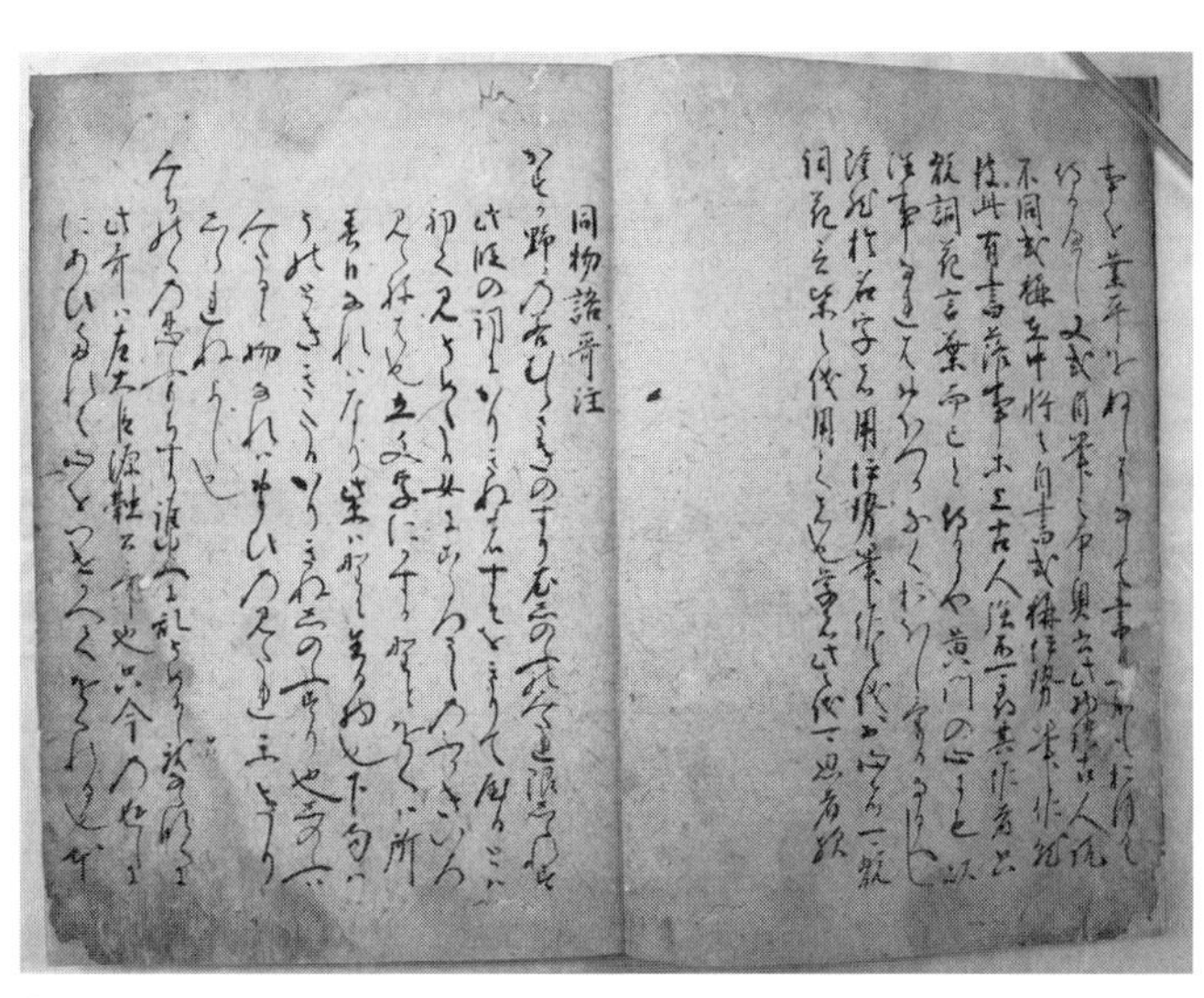

『伊勢物語和歌註』

の中で、『伊勢物語山口記』は宗祇自身の手によって編まれた唯一の注釈書である。門弟を通すことなく宗祇の解釈を伝える点で、きわめて貴重な資料と位置付けられる。

一方で、現在までに確認されている『伊勢物語山口記』の伝本は、思いのほかに少ない。写本としては、本書の他に、宮内庁書陵部に一冊、国文学研究資料館鉄心斎文庫に二冊、東北大学附属図書館狩野文庫に一冊、石川武美記念図書館（旧お茶の水図書館）成簣堂文庫に一冊、平成二十八年度東京古典会古典籍展観大入札会にて出品された巻子装一軸、以上の計六本しか見られず、この他に寛永八年版本が存在するのみである。奈良大学図書館蔵本は、数少ない現存する写本として、しかも室町期の古写本としても貴重な存在である。

また、本書には「月明荘」の蔵印があり、これにより反町茂雄（一九〇一～一九九一）・弘文荘の手を経たことが明らかである。弘文荘といえば、国宝・重要文化財級もしくはそれに準ずる古典籍を取り扱う古書肆であり、その確かな目利きは高く評価されている。本書は『弘文荘待賈古書目』第二六号にて掲載されていたものと同一書と思われ、早くに先行研究によって紹介されていたものの、平成二十八年度の特別集書にて奈良大学図書館に蔵されることになるまで、長く所在不明であった。

なお、帙に付された書名は、森銑三の真筆と認められる。この点も本書の特筆すべき価値の一端を担うものである。

「月明荘」印

『源氏物語』総角巻

一冊・江戸前期写・縦一六・一㎝×横一七・九㎝・請求番号：913.36/Mu56

平安時代中期を代表する文学作品の『源氏物語』のうち、四十七番目の巻にあたる総角巻の写本である。江戸前期の書写かと思われる。本文系統は、藤原定家（一一六二～一二四一）が校合した系統である、青表紙本系統と認められる。縦と横がほぼ同一の大きさである、枡形本となっている。

奈良大学図書館蔵本の最も目を引く点は、表紙である。市松文様の布地に、雅楽の演目である「蘭陵王」で使用される面が描かれている。この表紙は、後に改装された際のものと思われるが、この美麗な装飾からは、『源氏物語』を美術品としても楽しもうとした姿が見て取れる。惜しむらくは、別の帖が存しないことである。

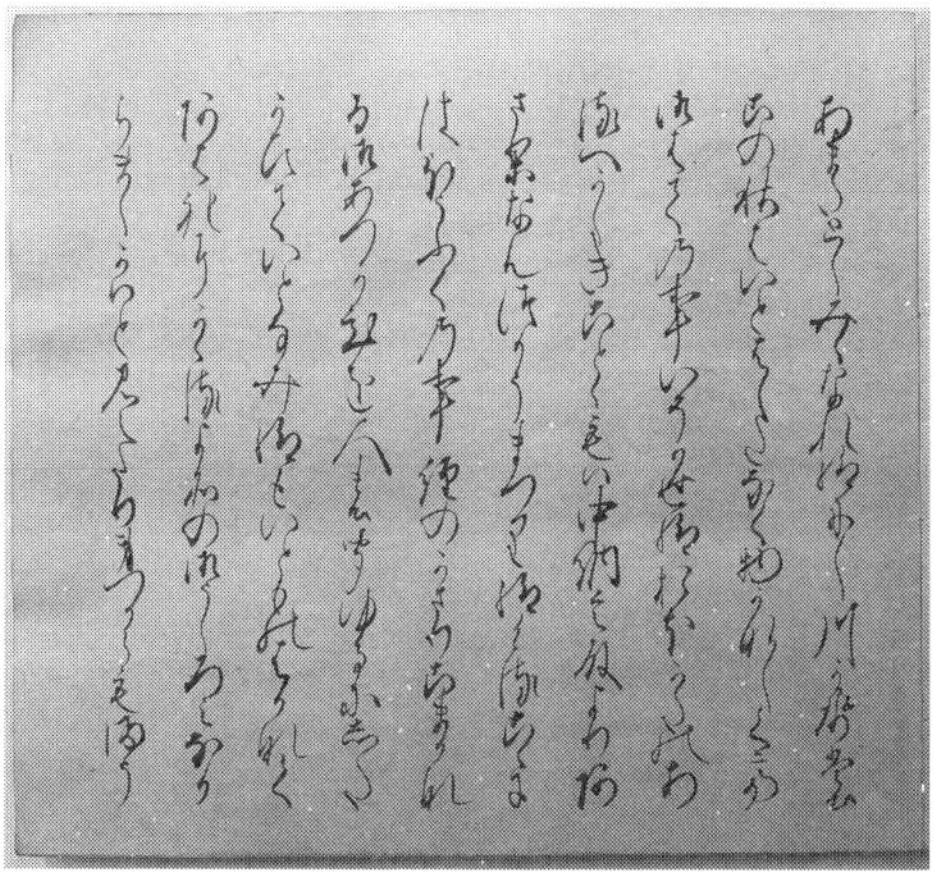

『源氏物語』総角巻

総角巻表紙

『源語秘訣』

一軸・寛文五年（一六六五）写・縦一六・九㎝×四四一・二㎝

請求番号：913.36/G34

『源語秘訣』とは、一条兼良（一四〇二～一四八一）による『源氏物語』の注釈書である。兼良には『花鳥余情』という注釈書が存在し、本書は『花鳥余情』の秘説を集成したものである。学術的価値については、すでに明らかにされているように、兼良の源氏学を捉える上で重要な資料と言える。また本書の秘伝書的な要素は、室町中後期に見られる諸学問伝授に先立つものであり、伝授資料としての価値も持ち合わせている。

本書の特に注目すべき点は、装訂が巻子装であるという点である。『源語秘訣』の諸伝本は現在まで多く報告されているが、巻子装のものはそれほど多くはない。また、奥書により明確に書写年代が確定できる点も大きな価値である。

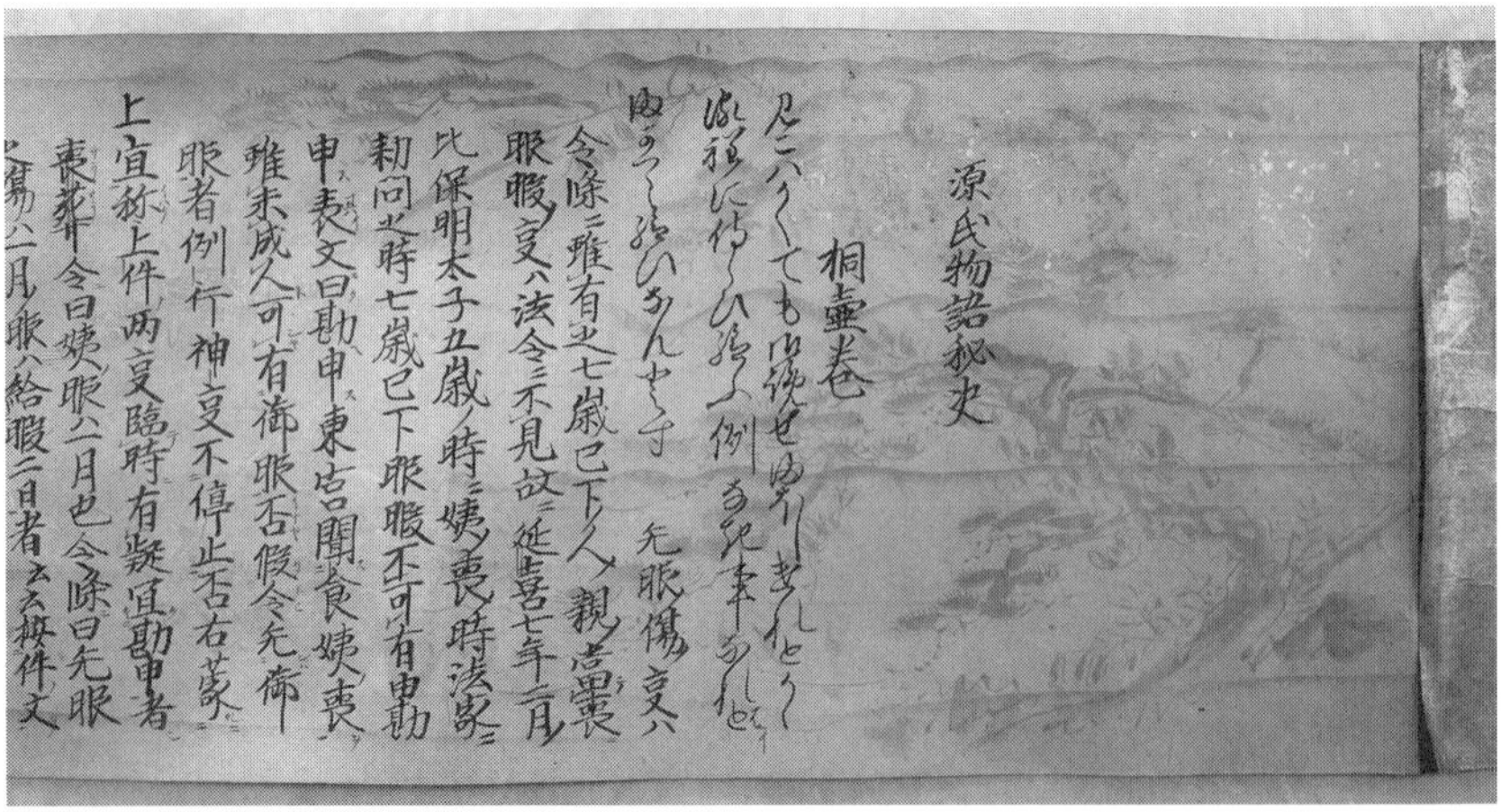

『源語秘訣』

『新撰増注光源氏之小鏡』

五冊・江戸中期写・縦二五・六㎝×横一九・八㎝

請求番号：913.36/Sh69/1～5

『新撰増注光源氏之小鏡』は、『源氏物語』の梗概書（ダイジェスト版）である、『源氏小鏡』の一本と認められる。『源氏小鏡』は、現存諸本も多く、書名も多様であり、内容も一様ではない。本書と近しい関係にあると思われる伝本としては、早稲田大学図書館蔵本があり、書名・内容ともに、第三系統（増補本）の特徴を持つものと思われる。

『源氏物語』の梗概書の中でも、『源氏小鏡』は特に愛用されたらしく、手軽に物語内容を把握するためには有用であったことがうかがえる。成立については、南北朝期頃、二条良基（一三二〇～一三八八）の周辺で作成されたとの推定がある。

なお本書は、表紙に美麗な装飾が見られる点等から、嫁入りの際に作成されたものと推測される。

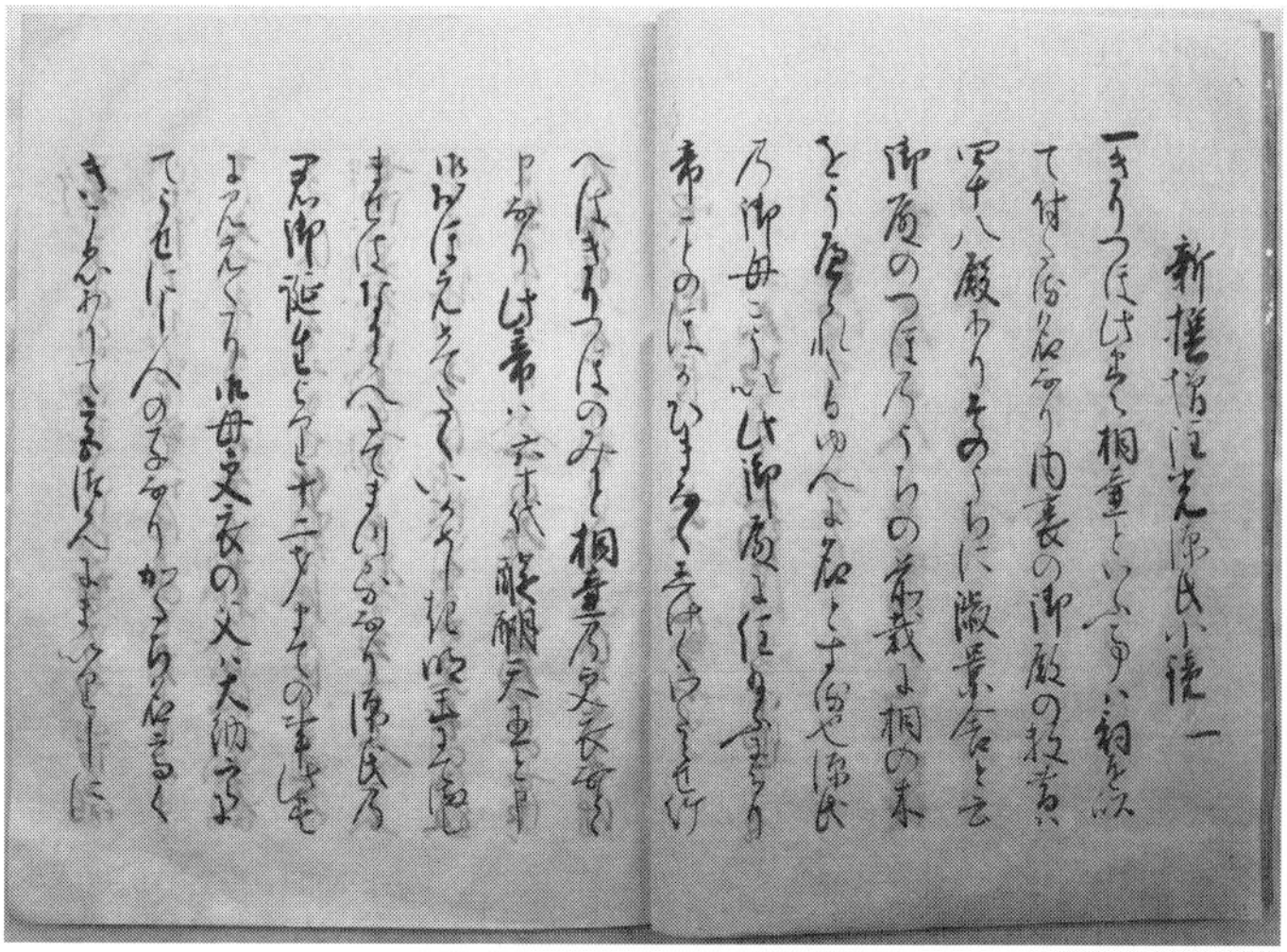

『新撰増注光源氏之小鏡』

『和歌手習口伝（わかてならいくでん）』

一冊・室町後期写か・縦二四・〇㎝×横一七・〇㎝

請求番号：911.107/F68

『和歌手習口伝』は、鎌倉時代に作成されたとされる、歌学書である。藤原定家作とするが、おそらくは偽書（ぎしょ）と推察される。内容は、後鳥羽院の下問に対して、藤原定家・藤原家隆（ふじわらのいえたか）（一一五八〜一二三七）の両名が答えるというものとなっている。

『和歌手習口伝』は、伝本間での異同が大きい。奈良大学蔵本は、穂久邇（ほのくに）文庫蔵本と同系統の本文を持つが、穂久邇文庫蔵本よりも内容が少ない点も見られる。本書の書写年代も含め、研究史上、非常に重要な一本と言える。

なお、本書には、「紅梅文庫（こうばいぶんこ）」の蔵書印が見られる。紅梅文庫は、池田亀鑑（いけだきかん）（一八九六〜一九五六）に師事し、近代の蔵書家としても知られる、前田善子（まえだよしこ）（一九一〇〜二〇〇七）氏の文庫である。

『和歌手習口伝』

『沙石集（しゃせきしゅう）』

一冊・室町後期写・縦二四・二㎝×横一八・四㎝

請求番号：913.47/Mu22

『沙石集』は、鎌倉時代中期に成立した仏教説話集である。僧の無住（むじゅう）によって、弘安二（一二七九）年夏から同六年秋にかけて編まれていった。十巻に、約一五〇話を載せる。単なる仏教説話を載せるだけではなく、和歌に関する知見、諸国の状況、庶民生活の実態、滑稽譚等、様々な内容に触れる点が、大きな特徴である。

奈良大学図書館蔵本は、巻九と巻十の一部のみしか存していない。これは、もと冊子形態（列帖装（れつじょうそう）という装訂。数枚の紙を重ねて折り、糸で綴じていく方法）であったものが破損し、一部しか残らなかったためである。本文の系統としては、略本系統の本文を有しており、漢字平仮名交じりで書かれている点も注目される。

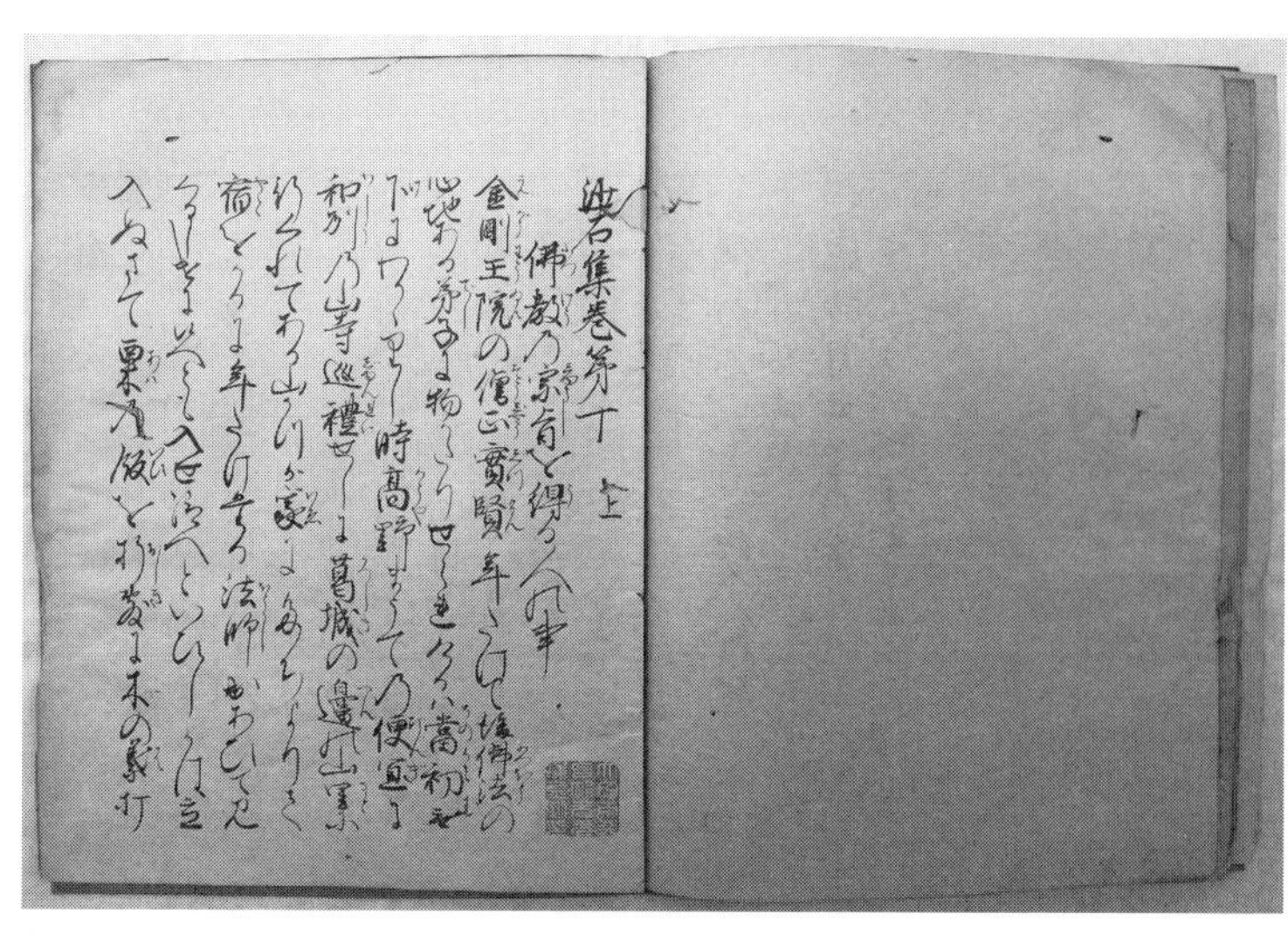

『沙石集』

『太平記評判秘伝理尽鈔』（たいへいきひょうばんひでんりじんしょう）

一冊・江戸前期写・縦二九・五㎝×横二〇・五㎝
請求番号：913.435/Ta22

外題には「太平記秘伝」と書かれるが、内容から、『太平記』の注釈書である、『太平記評判秘伝理尽鈔』と認められる。内容は、『太平記』に見られる事件や人物に関して、兵法や政道の観点から評論を加えていくものである。成立は、近世初期と考えられている。

近世期において、特に武士層を中心に、『太平記』は社会教養として重視されていた。本書は、そういった近世期の『太平記』受容の、中心的な役割を果たした存在と位置付けられる。実際に、この『太平記評判秘伝理尽鈔』を用いた講釈が、加賀前田家などで行われていたようである。

残念なことに、奈良大学図書館蔵本は完本ではなく、中盤の一冊のみの零本である。

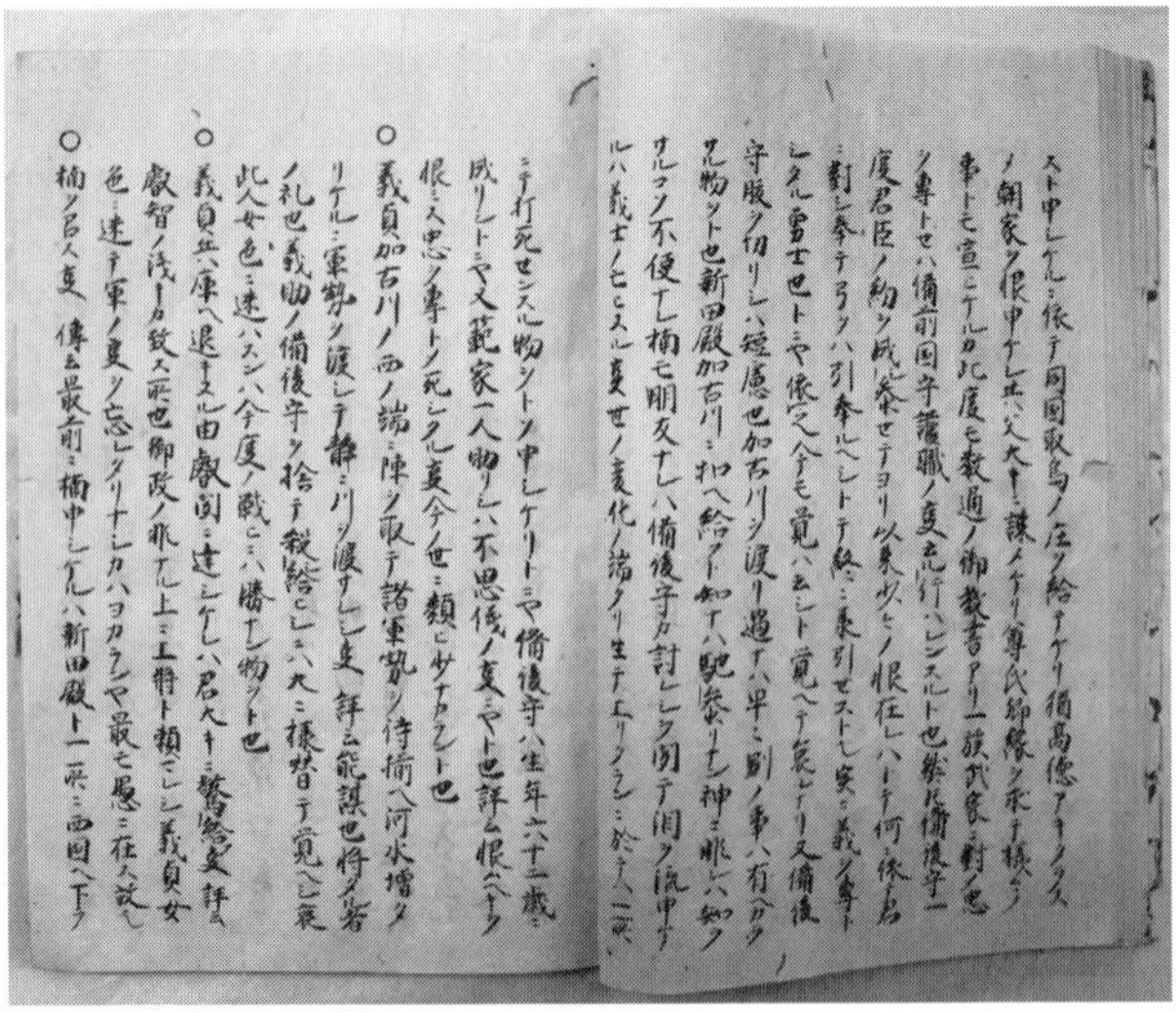

『太平記評判秘伝理尽鈔』

奈良絵本（ならえほん）『花鳥風月（かちょうふうげつ）』

一冊・江戸前期写・縦一六・七㎝×横二四・三㎝

請求番号：913.4/Ka12

奈良絵本は、室町末期から江戸前期にかけて、御伽草子を中心に、物語や謡曲などの題材を扱った、彩色絵入りの冊子本のことを指す。

ここに掲げた『花鳥風月』は、室町物語の代表的な作品である。扇に描かれた人物が『伊勢物語』の在原業平（ありわらのなりひら）か『源氏物語』の光源氏か、という疑問に対して、花鳥・風月という姉妹の巫女がそれぞれの霊を呼び出し、真相を明らかにしていく、という内容の物語である。現存する伝本も多く、室町期の『伊勢物語』『源氏物語』享受をうかがうことのできる、非常に興味深い作品と言える。

奈良大学図書館蔵本の書写時期は明確ではないが、承応・明暦頃と推定される。なお、冒頭には「九曜（くよう）文庫」の蔵印が見られる。

『花鳥風月』

奈良絵本『文正草子（ぶんしょうそうし）』

二冊・江戸初期写・縦一六・六㎝×横二四・一㎝

請求番号：913.49/N51/1～2

『文正草子』は、炭焼きの文正という男の、立身出世を描いた作品であり、致富譚として最も代表的な室町物語である。奈良絵本に限らず、御伽草紙の中で、最も伝本が多い作品でもある。

また、鹿島明神の加護のもとに授かった文正の二人の娘が、良縁に恵まれていく（妹は帝の女御にまでなる）、という内容から、近世期には祝儀物として大いにもてはやされた。そのため、正月に読む吉書や、嫁入りの際の道具として、扱われることも多かった。現存伝本の多さも、こういった状況・背景に因むものと考えられる。

奈良大学図書館蔵本は、挿絵の鮮やかさや、本文の独自性から、高い学術的価値を持つ。ただし、もとは三冊であったと思しく、現在は中巻を欠く。

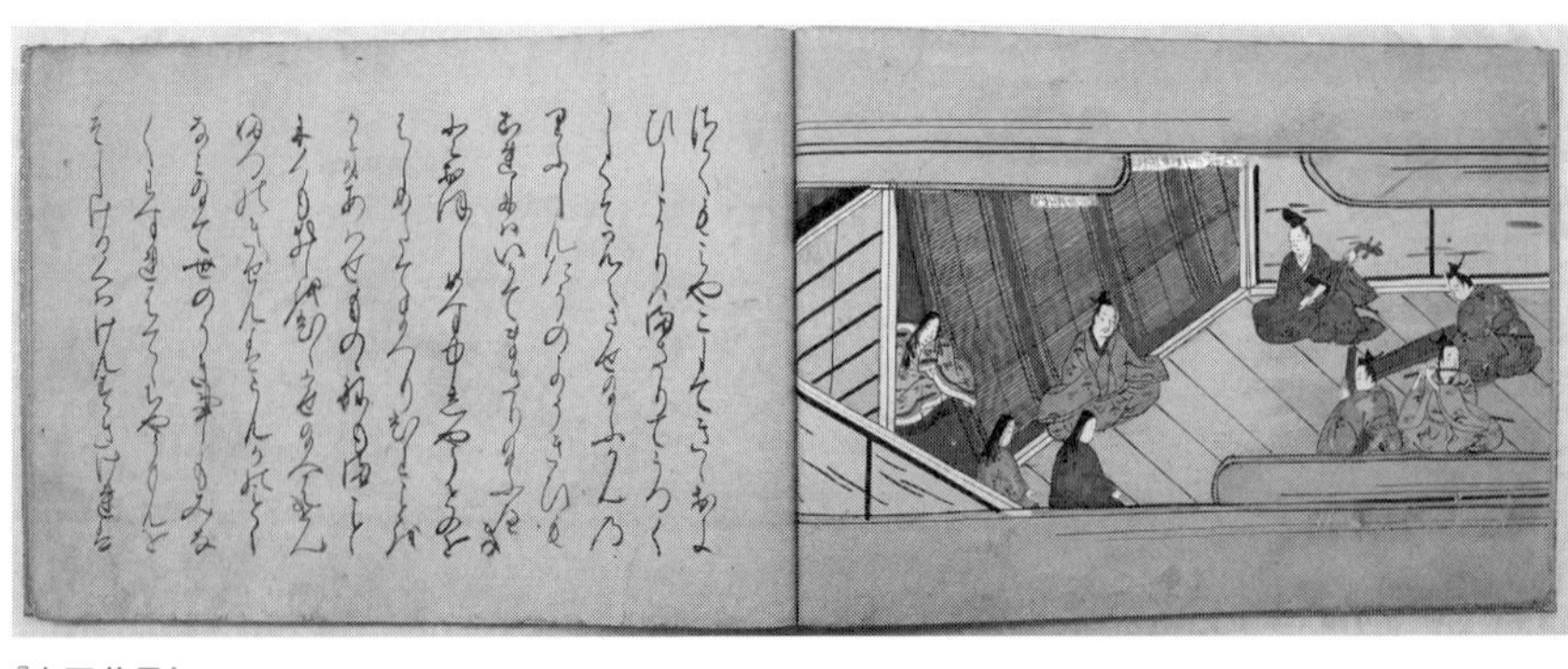

『文正草子』

『衆妙集』

一冊・江戸前期写・縦二四・七㎝×横一七・八㎝

請求番号：911.1 /G34

『衆妙集』は、細川藤孝（幽斎玄旨・一五三四～一六一〇）の私家集である。幽斎の没後、飛鳥井雅章（一六一一～一六七九）によって、編纂された。

奈良大学蔵本の題簽（書名を書いて表紙に貼る紙や布）には「衆妙集　全」と示されているが、本来あるべき姿の前半部分しか存していない。上巻だけの零本ということになる。本文の系統としては、第四類に分類されることが報告されている。

本書は、宮田正信氏旧蔵本である。縁故があり、奈良大学図書館に御寄贈いただいた。また、『衆妙集』の前身となる歌集、『玄旨集』も本学図書館には収められている。こちらも、同じく宮田正信氏の旧蔵本である。

『衆妙集』表紙

『衆妙集』冒頭

『春色梅児誉美(しゅんしょくうめごよみ)』

四冊・天保四（一八三三）年序・縦一八・〇㎝×横一二・〇㎝・請求番号：913.5/Sh99/1～4

『春色梅児誉美』は、為永春水(ためながしゅんすい)作の人情本であり、人情本の代表作とも言われる作品である。画は、柳川重信(やながわしげのぶ)・柳川重山(やながわじゅうざん)による。唐琴屋の美青年・丹次郎と、許婚のお長、彼を慕う米八・仇吉の二人の女芸者との、男女の三角関係を描く。男女関係を題材として扱ったことに加え、会話の多用や、軽妙な文体を用いることで女性を中心に絶大な人気を誇った。天保の改革により、一時絶版となる。

なお、『春色梅児誉美』の好評をうけ、続編として、『春色辰巳園(たつみのその)』、『春色恵之花(めぐみのはな)』、『春色英対暖語(えいたいだんご)』、『春色梅美婦祢(うめみぶね)』が作成される。

これらの作品は、春水が門弟たちとともに作成にあたったものであり、一連のものとして享受されていった。

『春色梅児誉美』

梅児誉美シリーズ

『偐紫田舎源氏』

七十六冊・文政十二（一八二九）年～天保十三（一八四二）年刊
縦一七・九㎝×横一二・〇㎝・請求番号：913.57/R99

『偐紫田舎源氏』は、柳亭種彦（一七八三～一八四二）作の長編合巻である。全三十八編であり、挿絵は歌川国貞による。

『源氏物語』を通俗的に翻案した作品として、高く評価されている。舞台を歌舞伎の「東山」（足利義政の時代）の世界に移し、光源氏をモデルとする足利光氏が、山名宗全による陰謀を阻止し、一味を誅滅するまでを描く。将軍家の大奥を描いているとの批判から絶版処分となり、また作者の死去もあって、未完に終わった。なお、種彦は本作を執筆するに際し、北村季吟（一六二四～一七〇五）の源氏注釈書『湖月抄』を使用したことが知られている。

奈良大学図書館蔵本には、再板時の袋（本を包む帯状の紙）が残っており貴重である。

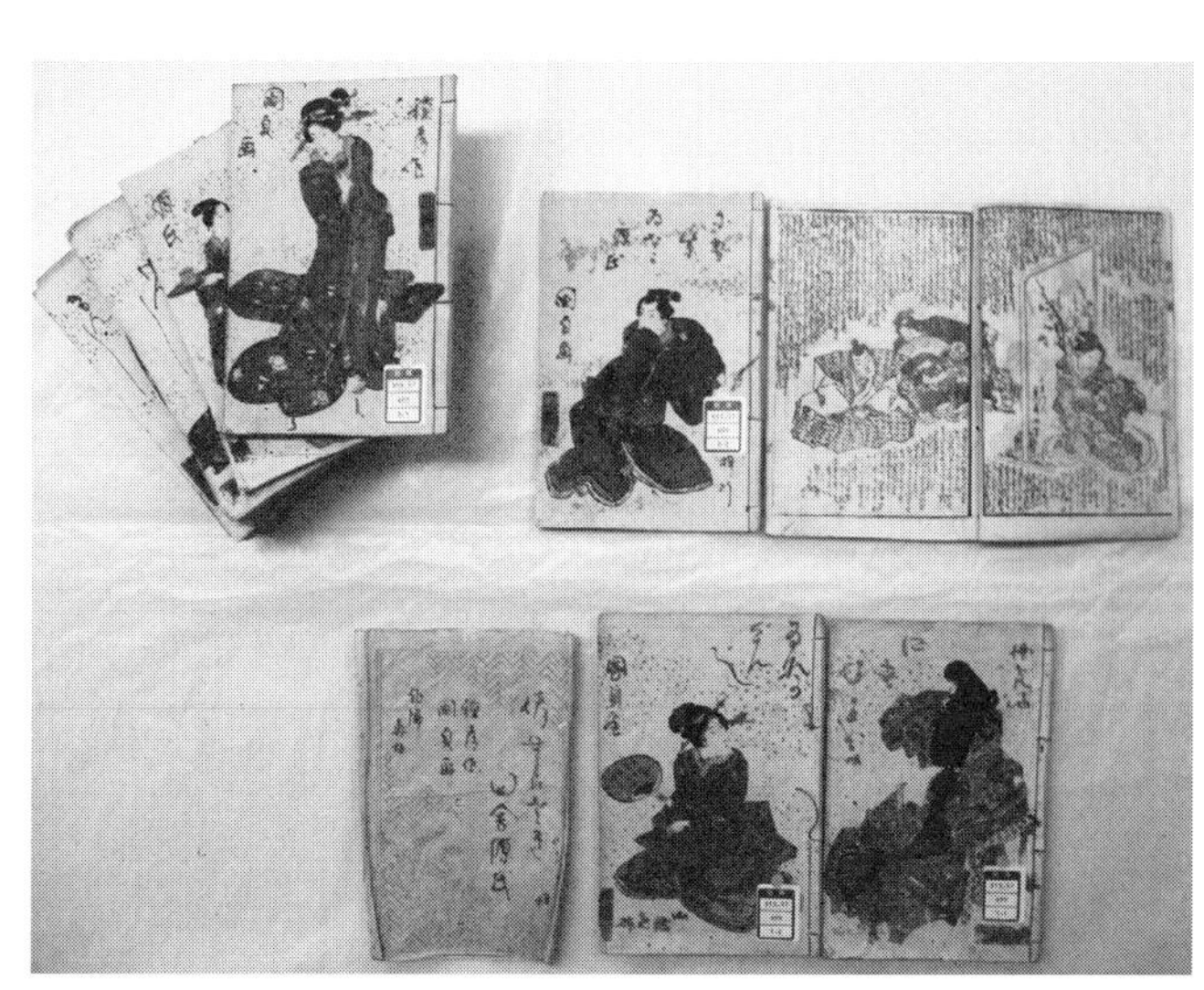

『偐紫田舎源氏』

［十返舎一九書簡］

一軸・文化三（一八〇六）年写・縦一四・五㎝×横六五・〇㎝

十返舎一九（一七六五〜一八三一）は、『東海道中膝栗毛』の作者として著名な、戯作者である。ここに掲げた書簡は、自筆資料がきわめて少ない、一九の自筆の書簡である。尾張・名古屋の医師・文人、神谷剛甫に宛てたもので、文化三年一月二日の日付が見えることから、新年の賀状と目される。

書簡の中で、一九は剛甫に『東海道中膝栗毛』の完成報告を行っており、同作中に剛甫の名を用いながら狂歌を創作したことを述べている。この記述のとおり、桑名で「焼きはまぐり」を食す場面には、剛甫の号が見られる。このように、『東海道中膝栗毛』の具体的な制作過程を伝える本資料は、非常に高い学術的価値を有することが報告されている。

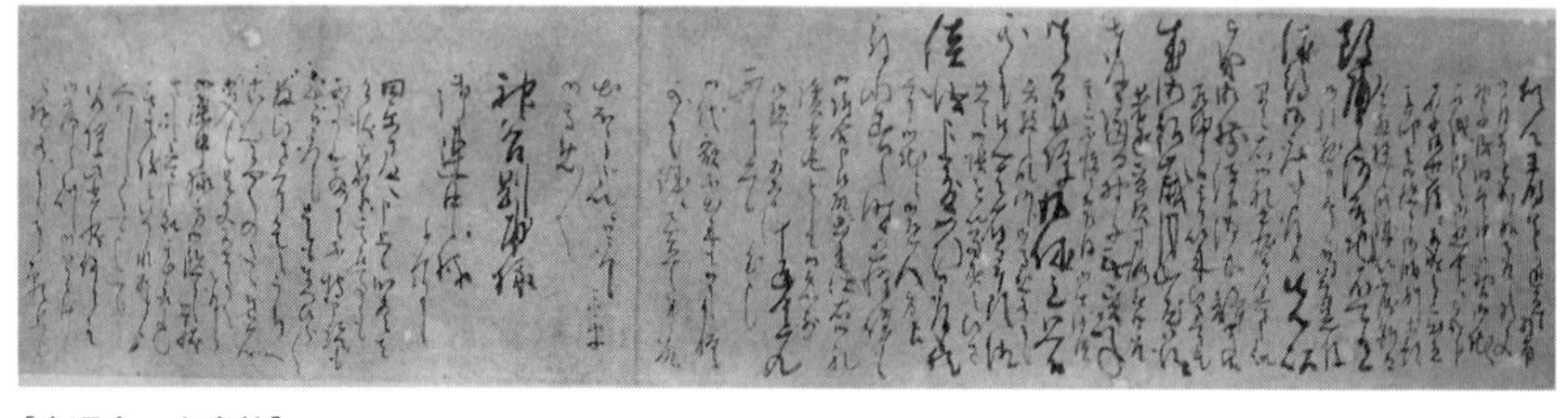

［十返舎一九書簡］

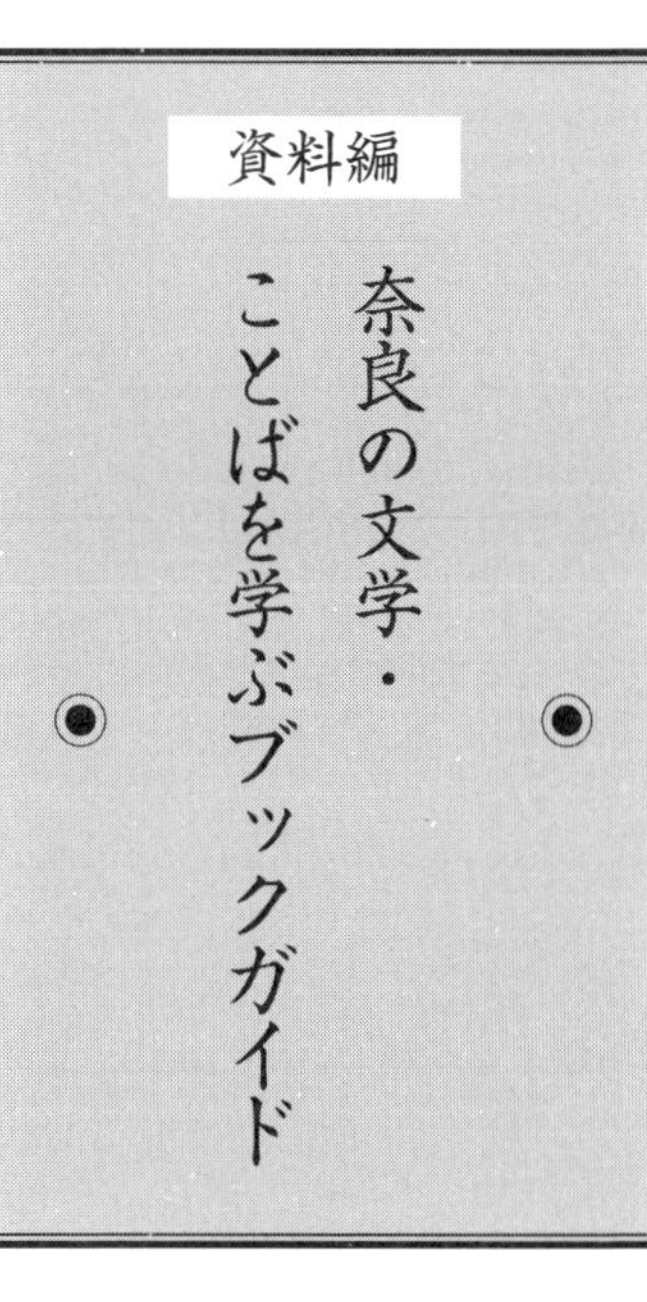

＊奈良の文学・ことばについて、概観できるものを選んだ。個別の研究書は省略した。

＊すでに絶版になっているものもあるので、図書館や古書店で探してほしい。

★＝奈良大学国文学科関係者編著・執筆

帝塚山短期大学日本文芸研究室編『奈良と文学　古代から現代まで』和泉書院、一九八八年七月★

古代から現代まで、大和・奈良にゆかりの深い作家や作品を二十三項目にわたって紹介。飛鳥、三輪などにゆかりのある古典文学から、吉野と義経記・太平記、能や歌舞伎、そして坪内逍遥、森鷗外、谷崎潤一郎などの近代小説、会津八一、與謝野晶子などの詩歌まで幅広い。

浦西和彦・浅田隆・太田登編『奈良近代文学事典』和泉書院、一九八九年六月★

明治・大正・昭和の日本近代文学の全作品、小説・戯曲・児童文学・評論・随筆・詩・短歌・俳句・川柳等いったあらゆるジャンルから、奈良と関係のある作家・作品を掲載した文学事典。奈良における近代文学の調査の基礎文献。

奈良大学文学部世界遺産を考える会編『世界遺産学を学ぶ人のために』世界思想社、二〇〇〇年十月★

「世界遺産学」について、日本文学研究、歴史研究、文化財研究、環境研究からアプローチする。日本文学研究では奈良と京都の古典文学、近代文学についての論考が掲載されている。「世界遺産学」という視野に立った研究の手引書である。

浅田隆・和田博文編『古代の幻　日本近代文学の〈奈良〉』世界思想社、二〇〇一年四月★

奈良大学で開催されたシンポジウム「古代という幻の装置」の記録と五十の奈良を舞台にした作品の紹介で構成されている。シンポジウムでは鉄道網の整備や観光都市化の流れの中で、古代へのロマンがどのように形成されたかなどが議論されている。資料編として「年表・奈良と近代文学」「市町村別・対象別　主要作品目録」が付されている。

浅田隆・和田博文編『文学でたどる世界遺産奈良』風媒社、二〇〇二年一月★

「世界遺産学事始め」「世界遺産と近代文学」「隣接領域から文学を読む」「資料編」からなる。「世界遺産と近代文学」では東大寺や春日大社、元興寺、平城宮跡など世界遺産にまつわる文学作品を紹介。万葉から近代につらなる古都・奈良の物語を読み解く。「資料編」の「世界遺産奈良・近代歴史文学年表」は奈良にまつわる近代文学の作品の通史。

上野誠『万葉びとの奈良』新潮選書、二〇一〇年三月★

かつては国際都市だった奈良・平城の都。その都に生きた天皇から庶民までの仕事や恋や日常生活に注目し、万葉集や正倉院御物を手掛かりに万葉集と奈良という土地の関係を読み解いく。

奈良県立図書情報館編『読み歩き奈良の本』140B、二〇一〇年四月

奈良県立図書情報館編集の奈良本。豊富な写真で文学作品の舞台を紹介。奈良を舞台にした文学、映画以外にも、市販のガイドブックには掲載されない奈良の「ディープな魅力」を伝えるガイド。

上野誠『はじめて楽しむ万葉集』角川ソフィア文庫、二〇一二年九月★

万葉集に収められた恋歌・望郷歌・四季折々の歌を、わかりやすい解説とともに紹介した万葉集の入門書。

真田信治監修『関西弁事典』ひつじ書房、二〇一八年三月★

奈良・京都・大阪・滋賀・兵庫・和歌山・三重で使われる、いわゆる関西弁の事典。これらの方言の特徴から、文芸との関係、果ては教育や手話に至るまで、様々な観点から「関西弁」を学べる。研究文献も豊富に示される。関西弁について何か学ぼうと思えば、まずこの本を手に取ってほしい。

〈著者紹介〉

〈掲載順〉

山田（やまだ） 昇平（しょうへい）

奈良大学講師。国語学専攻。一九八六年、鳥取県湯梨浜町生まれ。大阪大学大学院博士後期課程修了。博士（文学）。

主な著書 「漢語接尾辞「チュウ」・「ヂュウ」の歴史―中世末・近世初期における―」（『訓点語と訓点資料』一四三、訓点語学会、二〇一九）、「コリャードが用いる子音字'v'のない'o'、'ō'は何をあらわすか―キリシタンのローマ字表記に対する解釈をめぐって―」（『語文』一一一、大阪大学国語国文学会、二〇一八）ほか。

岸江（きしえ） 信介（しんすけ）

奈良大学教授。方言学専攻。一九五三年、三重県津市生まれ。愛知大学文学部文学科卒業。

主な著書 『大阪のことば地図』（共編著）（和泉書院、二〇〇九）、『新日本言語地図』（共編著）（朝倉書店、二〇一六）、『関西弁事典』（共編著）（ひつじ書房、二〇一八）ほか。

中尾（なかお） 和昇（かずのり）

奈良大学講師。日本近世文学専攻。一九八二年、大阪府高槻市生まれ。関西大学大学院博士課程後期課程修了。博士（文学）。

主な著書 『馬琴読本の様式』（清文堂出版、二〇一五）、『名所図会でめぐる大阪―摂津Ⅰ―』（共編著）（関西大学大阪都市遺産研究センター、二〇一四）、「京伝・馬琴の合巻制作―『八重霞かしくの仇討』と『十三鐘孝子績』―」（『読本研究新集』十、二〇一八）ほか。

〈著者紹介〉

光石亜由美（みついし あゆみ）

奈良大学教授。日本近代文学専攻。一九七〇年、山口県下関市生まれ。名古屋大学大学院人間情報研究科博士後期課程単位取得満期退学。博士（学術）。
主な著書　『自然主義文学とセクシュアリティ―田山花袋と〈性欲〉に感傷する時代―』（世織書房、一九一七）、『ケアを描く　育児と介護の現代小説』〔編著〕（七月社、一九一九）ほか。

木田隆文（きだ たかふみ）

奈良大学教授。日本近代文学専攻。一九七二年、京都府京都市生まれ。龍谷大学大学院博士後期課程単位取得満期退学。博士（文学）。
主な著書　『戦時上海グレーゾーン』〔共編〕（勉誠出版、二〇一七）、『戦前期中国関係雑誌細目集覧』〔共著〕（三人社、二〇一八）ほか。

松本大（まつもと おおき）

奈良大学講師。中古文学専攻。一九八三年、埼玉県上尾市生まれ。大阪大学大学院博士後期課程修了。博士（文学）。第七回中古文学会賞。第十二回日本古典文学学術賞。
主な著書　『源氏物語古注釈書の研究―『河海抄』を中心とした中世源氏学の諸相―』（和泉書院、二〇一八）、「『花鳥余情』における『河海抄』利用の実相」（『中古文学』第一〇四号、二〇一九）ほか。

〈編者紹介〉

奈良大ブックレット08 奈良の文学とことば

二〇二〇年三月三一日 初版第一刷発行

編 者 学校法人 奈良大学
著 者 山田昇平／岸江信介／中尾和昇
光石亜由美／木田隆文／松本 大〈掲載順〉
発行者 中西 良
発行所 株式会社 ナカニシヤ出版
〒六〇六-八一六一 京都市左京区一乗寺木ノ本町一五番地
電話 (〇七五) 七二三-〇一一一
ファックス (〇七五) 七二三-〇〇九五
振替 〇一〇三〇-〇-一三一二八
URL http://www.nakanishi.co.jp/
e-mail iihon-ippai@nakanishiya.co.jp
印刷・製本 共同精版印刷株式会社
装幀 河野 綾／編集 石崎雄高

ISBN978-4-7795-1463-0 C0391 ©2020 Nara University

奈良大ブックレット発刊の辞

市川良哉

時代が大きく変わっていく。この思いを深める。少子高齢化は社会の在り方や個人の生活を変えていく。情報の技術的な進歩が人とのコミュニケーションの在り方を激変させている。人はどう生きるべきかという規範を見失ったかに見える。地震や津波などの自然災害、殊に原発事故の放射能汚染は生命を脅かしている。こうしたことの中に将来への危惧にも似た不安を覚える。

不安はより根本的な人間の気分を意味するという。こうした気分は人の内面に深く浸透していく。不安にさらされながらも、新しい時代に相応しい人としての生き方こそが求められなければならない。そうしたとき、人は自らの生き方を選択し、決断していかなければならない。孤独な生を実感する。そこでも、われわれはこのような生き方でいいのだろうかと大きな不安を抱く。

不易流行という言葉はもと芭蕉の俳諧用語で、不易は詩的生命の永遠性をいい、流行は詩の時々におけるはやりをいう。ここから、この語はいつの時代にも変わる面と同時に、変わらない面との、二つをもっていることを意味する。

変化する面は措（お）くとして、歴史とは何か。文化とは何か。人間とは何か。人間らしい生き方とは。平和とは何か。人間や世界にかかわるこの問いは不変である。不安な時代の中で、われわれはこの根源的な問いを掲げて、ささやかながらも歴史を、文化を、人間を追求していきたい。そうした営みの中で、人の生き方を考える道筋を求め、社会を照らす光を見出していきたい。

奈良大ブックレットは若い人たちを念頭においた。平易な言葉で記述することを心がけ、本学の知的人的資源を活用して歴史、文化、社会、人間について取り上げる。小さなテーマに見えて実は大きな課題を提起し、参考に供したいと念願する。

（奈良大学 理事長）

二〇一二年一〇月